人经常被真相困扰，但是大多数人装作没看见就走了。

温斯顿·丘吉尔

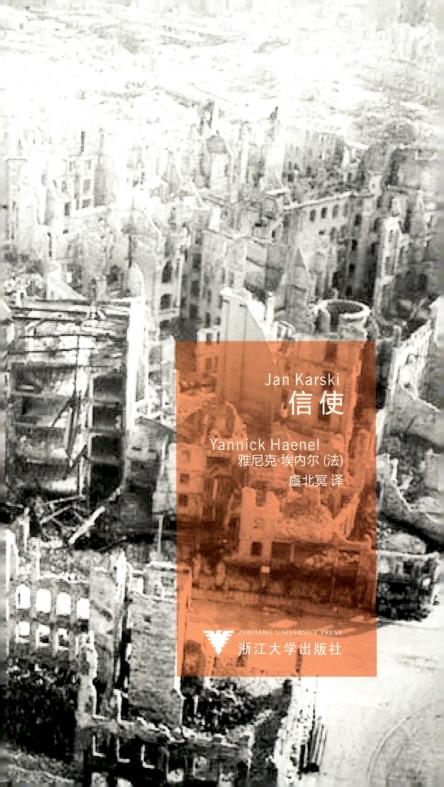

Jan Karski

信 使

Yannick Haenel
雅尼克·埃内尔 (法)

虞北冥 译

ZHEJIANG UNIVERSITY PRESS
浙江大学出版社

目录

PART 1

　　这是克劳德·朗兹曼的影片《浩劫》①临近结束的部分,有个男人试图开口却终于以失败告终。他看起来六十多岁,操一口蹩脚的英语,说话声音很轻。这人又高又瘦,穿着讲究的灰蓝色外套。等待过后,终于,第一个词从他嘴里蹦出:"现在。"他说,"已经又过了三十五个春秋,"紧接着,"不,我不会去回忆……不……我不能去……"他啜泣起来,捂住脸,然后猛然站起,走出了镜头。画面苍白无物,只能看见书架、一张沙发和几株植物,那个男人消失了。

　　当他在镜头前再出现的时候,银幕上打出了他的名字:扬·科尔斯基。随着他重新坐下,更多的字幕浮现而出:前波兰流亡政府信使。他的眼睛一片海蓝,注满了泪水,嘴唇湿润。"我准备好了。"他说。然后开始用正常的语调讲述,似乎是在背诵课本:"1942年夏天,我打算继续从事我的工作,就是在波兰地下抵抗组织和流亡政府之间充当信使的工作,当时政府已经迁往了伦敦。"

　　看来遥远的时间本身已经把他从悲苦的情绪中抽离而出,我们好像成了但丁,但将要游历的却是一本间谍小说。他讲起华沙犹太领袖如何得知他要前往伦敦,以及按照他

---

　　①　法国电影,于1985年上映,叙述海乌姆诺的纳粹灭绝犹太人的事件。

说的，"在犹太人聚居区外"会面。而我们也立刻明白了他要讲述的主题：华沙犹太人聚居区。在那次会晤中，对方两人身份迥异，其中一个是个犹太公会的领导，还有个则是犹太复国主义者的头儿。他没透露他们的名字，以及会面的地点。他的话语简短，直接，孤寂。因为当时正在处理其他的事务，所以对那次会晤扬没做什么准备，他甚至不清楚会讨论些什么主题。镜头中，扬一旦说到勾起苦痛回忆的内容，都会从屏幕前走开，这是难以忍受的苦楚。这个人，扬·科尔斯基本就无法单单旁观着别人的毁灭，更何况这苦痛的命运也正逐渐施加在他身上。无论喜欢与否，他已经迷失在了时代的漩涡中。他的话语支离破碎，因为过往的恐怖只能以这种方式重述。

扬·科尔斯基又一次重复："现在……"这就好像在问："我怎么能说出这些？"就好像在证明自己依然好好地活着，已经远离了那条苦难之路。于是他改了下句子的开头："我不会去回忆。"这种话会在采访中反复地出现。"就算是现在，我依然不愿……我在这里……我不会去回忆……"他如同要把自己从语境里抽离出来，在讲述的内容中进行自我保护一样。他不想再去面对过去的命运，不愿再被梦魇缠绕。这就是他不断强调现实与过往差别的原因。"我不在其中，"他说，"我不属于那里。"

扬·科尔斯基描述了那两人如何讲述"发生在犹太人

身上的事"。他说他当时并不清楚这谈话的内容究竟是什么。两个犹太领袖告诉了扬,希特勒的犹太灭绝行动所针对的目标不只是波兰,而是一整个欧洲的犹太种族。他们对扬说,盟军正在为人类而战,但波兰犹太人将要被整个抹杀的事实更近在咫尺。

纪录片中的扬抽搐着,手部的动作像是要祈祷,此时他和那两个犹太领导人联成了一体,成了那两人的传声筒。他描述了他们是如何在屋内踱步并且讲话的。"他们的精神几乎垮了,"他解释道,"在那场会晤中他们多次失控。"就如同他本人在克劳德·朗兹曼镜头前那样。不过 1942 年的时候,他还只是个被倾诉的对象,失神地坐在椅子里一言未发。

三十五年之后,轮到扬了。他重复着当年两个犹太领导人告诉他的话。他们明白他的无知。他说,在他同意转述他们的信息后,两人开始讲述他们的际遇。

克劳德·朗兹曼问扬他是否知道彼时华沙的大部分犹太人已经遭到了清洗,扬·科尔斯基回答说:"我知道,但是我没有亲眼看见。"这是由于没有人告诉他具体的情形。"我不在那里,"他说,"只有统计数据告诉我发生了什么,那里还有成百上千的波兰人被杀,还有俄国人、塞尔维亚人、希腊人。我们知道那些,但那只是统计数据!"谁知道?又知道多少?"我们"知道,但谁又是"我们"?扬·科尔斯基

"知道",却又一无所知。大概在亲眼目睹之前,人们不愿去理解统计数字的真切意义,而这就是扬·科尔斯基想要表达的。两位来访者邀请扬去华沙的犹太人聚居区观察现状,他们为此组织了行程。犹太公会会长希望扬能提供一个"口头报告"给盟国。"我确定,"他对扬说,"如果你可以告诉他们是你亲眼见证了这一切,报告会更加有力。"

在几个片段中,影片的镜头切得离扬·科尔斯基的脸很近。他的嘴巴在动,他的话语在传达,但只有通过他的眼睛,你才能了解,纪录片里的这个人,不止是个灾难的见证者么,他成了所有受灾者和罹难者本身。扬·科尔斯基鼓胀的双眼,在《浩劫》结束的时候,始终盯着我们。这双眼睛见证过那一切,它们依然在见证着。

当克劳德·朗兹曼问起当初那两位来访者是否强调过发生在犹太人身上的惨剧恐怖得难以想象时,扬回答说,是的。按照他们的说法,犹太人面临的种族灭绝骇人听闻,远非波兰人和斯拉夫人或者其他任何种族遭遇的暴行可以比拟。"历史上从来没有发生过这种事。"那两人告诉他。所以最后他们的结论也同样惊人:"如果盟军不做出些什么前所未有的举措,战争结束后犹太这个种族将永远消失。"这也正是那两人希望扬作为他们的信使,提交给盟国的话。为此,扬的使命将从伦敦转移到犹太人命运的中心,成为一个见证者。

扬·科尔斯基继续说了下去,依然是肃穆的口吻,也许他觉得这样能离那段回忆更远一点:"然后他们给了我这些信息。"他的波兰腔英语并不标准,然而他还是一个字一个字的雕琢着他的话。"然后他们给了我这些信息。"(Then they gave me messages)在法文的字幕里,这句话变成了:"因此他们把这些信息交给了我。"(So they delivered their message to me)这就像是古代诗文里的片段,天使降临,告诉获选者他所必须聆听的,后者在很久之后才一点点理解那些话语的真谛。在这句话被传达后,扬·科尔斯基便接受了信使的任务。"然后他们给了我这些信息。"可以清楚地听出来,这是个复数名词——所以它们是不同的信息:"告诉盟军政府","去转告波兰共和国政府","这是给波兰总统的","给国际上的犹太领导人","然后通知独立党派首领,知识分子领袖……"接触的人越多越好,他们对扬·科尔斯基说,务必尽你所能。

他这会儿不再使用转述的口吻,而是直接回答起来了,过去时态被丢在了一遍,就好像当年的两人正在和他对话。扬揭开了这些消息尘封的印记,并且把它们转述给了克劳德·朗兹曼。随着讲述的进行,他看起来比之前有了些活力。他抬起右手,眯缝眼睛,甚至阖上它们,集中注意力以唤起过往。毫无疑问,他已经背诵这些信息无数次了,在过去的三十五年岁月中,作为见证者,这些被扬反复了甚至上千次的话这会儿又一次涌上了他的心头。就好像回到了1942年三人会面的那天，连时态也自然地转化成了现在时。这根本是由那两人在亲述，而扬·科尔斯基则已消失不见。

严格来说，扬·科尔斯基确实不见了。因为镜头暂时切换到了别处。就在他开始转述这条讯息的同时，影片的画面换成了自由女神像。"纽约"两个粗体大字被投射到了银幕上。扬的声音从画外飘来："讯息是：我们不能坐视希特勒的种族灭绝行径不管，每一天惨剧都在上演。盟军所凭依的不能是单纯的武力与战术，如果一直保持这种姿态，也许能够赢得战争，但在战争结束后，我们已然被灭绝了！"

这话听起来也就仿若两个犹太领导人在嘱托观众一般，也许《浩劫》的导演也希望观众在接受这条讯息时能尽量还原当时的情境。扬·科尔斯基把这消息给了克劳德·朗兹曼，然后又通过纪录片传到了全世界这一方式，与他在1942年把这讯息散布到了世界上，为盟国所熟知一样，扬·科尔斯基只是做了一个信使所应该做的。换言之，在转述的过程中，他尽量抹去了个人的身份，只用了最初的话语，用了最原本的现代时态，复刻出了两个犹太领导者的原话。

也因此，无论是在华沙的犹太人聚居区咀嚼着那两个来访者的嘱托时，还是三十五年之后又一次轮到他来重复这段消息时,扬·科尔斯基疲倦的神情都一扫而光,恢复了正常的情绪。从扬传达急切消息时的紧张局势,再到他重复消息的当今岁月,克劳德·朗兹曼决定在银幕上展示出时事的变迁,随着扬演讲的继续,镜头变换成了自由世界的抽象化标志,那正是自由女神像。朗兹曼是否在采用这种方式向扬·科尔斯基致敬?还是说,通过声音和画面的强烈反差,表现出扬试图逃离的战时欧陆与这"自由照亮世界"所笼罩的土地之间悲剧性的区别?又或者是把欧洲犹太人苦难中的挣扎与美国政府当时的作为用扬·科尔斯基的声音联系在了一起?我们无从得知,不过随着扬的演讲继续,镜头逐渐拉远,自由女神像不断缩小,这个在卡夫卡的《美国》里挥剑胜于擎火炬的标志,终于成了一个看不清的小塑像,消失于碧海蓝天之间,这甚至让我感到一丝惊异。

扬·科尔斯基的声音依然在耳边回响:"我们致力于人权……我们是人类。历史上从来没有发生过这样的事件,而现在,我们的人民正在遭受灭顶之灾……"在这条应该对世界产生深远影响的消息中,他也加上了犹太领导人对他的请求:"世人道德的底线是否会受到震撼?我知道我们没有生活的故土,我知道我们没有统一的政府,我知道我们在盟国中没有发言的地位。所以,我们只能依靠平民,那些和你一样的百姓。你会站出来吗?你能尽你的义务吗?"扬·

科尔斯基重复着这句话,直至嗓音沙哑。"你明白了么? 你理解了么?"不知道这两句话是当年两个来访者对扬说的,还是扬在一遍遍问克劳德·朗兹曼,这同样的问题,三十五年前被扬一次次呼喊的句子,正呈现在《浩劫》的银幕上。"你会站出来么?"

扬的声音来自遥远的过去,似乎已经迷失在了时间的洪流之中,成了无助的哀嚎。"世人道德的底线"是否真如他所言,已经受到震撼了? 1942 年两位犹太领导人对扬说这席话的时候,这信息已经成了他们最后的希望,不过这惨剧是否真的能够震撼到"世人道德的底线"? 而这世界,是否依然保有一个良善之心? 不,应该说,是否真的有过这么一颗良心? 在电影的这个时刻,听着扬·科尔斯基的声音,我们知道答案是:没有。在欧洲从死亡集中营的恐怖中被释放六十年后,我们知道世界的道德底线依然没有改变,而且也没什么能够将它改变,因为这概念本来就不曾真实存在,这个世界无所谓道德与否,甚至在今天,"世界"这个概念本身也面临瓦解。

"我们希望,"他说,"盟国能够发布正式的官方声明,旨在增加一条军事方针,即尽量保障平民的安全……以及专门为犹太种族的灭绝问题设立章节。"然而今天我们知道,尽管扬·科尔斯基三十五年前就把犹太领导人们的希望转述了出去,尽管这些信息的确在伦敦与美国之间周转散布,但是，从来没有过一个保障犹太人权益的官方声明。

他继续说："而盟国能够正式地、公开地宣布他们会去解决这些难题，他们会把这些放进战争的总方针中加以考量。不单单是击败德军，同时也要拯救剩余的犹太人。"然而今天我们知道，在这个问题上盟国保持了缄默，他们没有改变之前的战争方针，犹太人依然蒙受着巨大的苦难，无论是在 1942 年、1943 年，还是之后的 1944 年。

"盟国空军有这个实力在德国领土和占领区投下数之不尽的炸弹，完全可以在发出这声明之后做一些什么。"两个犹太领导人通过扬·科尔斯基的嘴巴问道：为什么盟军不空投数以百万计的传单告诉德国人他们的政府对犹太人的行径？如果这样德国民众还是没有反应，那么他们才会对这种罪行负有共同责任。而如果对此德国政府也没有任何表态，依然不改变其奉行的政策，那么盟国就必须进行报复性还击，对德军的目标进行轰炸和破坏。如果德国人民普遍了解了真相，两个犹太首领说，无论是在轰炸前还是轰炸后，也许彼时在波兰发生的暴行就会得到收敛。"他们可以这么做！"他们重复道，"他们可以这么做！"扬·科尔斯基忘情的嗓音里充满了哀求，让人几乎无法辨识出那是谁的声音，这些在他同意成为传递华沙的犹太人聚居区消息的信使的那天所听到的话语，如今再一次被重复，却因为这些事终究没有得以实现而带上了叹息的意味。

影片继续,扬·科尔斯基的脸依然被隐藏在影像之后。克劳德·朗兹曼的摄像机透过窗户,从套房里窥视着外面的纽约,他也正是在这个房间里拍摄自由女神像的。然后镜头回摇,我们看见一张桌子和上面散落的纸张、电话机、几个盆栽和一张椅子。也许这是扬的办公室,因为在采访开始的时候就在这里显现过字幕"扬·科尔斯基(美国)"。在采访刚开始的时候,他说过:"我已经当了二十六年的老师了,从来没有对学生们提起过犹太问题。"扬现在是美籍波兰人,说着英语,在美国的大学里教书,大学也许就位于纽约,甚至就在这间办公室边上。克劳德·朗兹曼的镜头继续旋转,扫过办公室窗外一栋栋高耸如云的巨厦,扫过双子塔,扫过布鲁克林桥。然后美国国旗覆盖了银幕,上面打出了"华盛顿"的字样。镜头接着带我们掠过白宫,从车窗的视角里绕经了国会大厦。这里,巨大的反差再次出现,科尔斯基的危言与平和的美国民主政治出现在同一个画面里,这信息就像是一个无关紧要的误解,又或者是风中的谣言。谁听到了这些讯息? 又有谁认真了解了其中的内容? 人们对此是否真的无动于衷? 至少科尔斯基说的确如此。

画面猛地切换,伴随着一片片冒烟的铅灰色工厂,鲁尔区出现了。不再是美国政府机构的花园和喷泉,而成了德国工业的钢铁架、铁路和车行道、一个随时沸腾的熔炉、烟囱、火焰、烙印着"蒂森公司"标签的舷梯还有随着工厂的轰鸣响声而诞生的无情世界。与此同时,扬·科尔斯基也开始转述起了第二条讯息。这条讯息是给在伦敦的波兰流亡政府的。讯息里讲述了一些即将发生的事件,这些内容在华沙的犹太人聚居区内流传,尤其是在年轻人之间:他们要反抗。他们在谈论对德意志第三帝国的宣战书。"史上从未有过这样的战争,"讯息里说道,"闻所未闻。他们想要终结战争,并为这样的目标献身,这使得我们无法拒绝他们。"

随着讯息的继续播放,扬·科尔斯基提起了他当时并不知道的另一桩事:1942 年,"犹太军事组织"已经建立。扬说当时那两人没有提到过这件事。而这条消息正是给那个被他们称呼为"最高国家领导人"的,换句话说,就是位于伦敦的波兰流亡政府领袖,西科尔斯基将军。这条消息旨在说服将军让犹太人武装起来。"事情正在起变化,"那两人通过扬的嘴说道,"犹太人会起身而战。我们需要装备。我们接触了民兵组织的指挥官,现在他们正在进行地下活动。因为犹太人没有自己的枪支弹药,这些组织不让我们加入。而我们知道,你能提供这些。"

第三条消息则是给世界各地的犹太领袖的。"告诉他们:他们是犹太人的领导者。而他们的人民正在死去,将来也许再没有犹太人了。我们需要这些领导人……不管他们现在身在何处,让他们都集中到伦敦的紧急办公室去,了解和参与我们的行动,如果他们不愿意,好,那就让他们滚出这里,断绝他们的吃喝,让他们饿死在所有人面前!"他们又重复了一遍:"这也许会震撼世人道德的底线!"

在扬叙述第三条信息的时候,银幕上打出了"奥斯威辛集中营"的字样。一棵满是衰败枝条的枯树,点缀着杂草的铅灰色地面出现在画面上,还有矮石墙下一堆堆的脏东西。随着镜头的推移,这堆东西显现出了其真实的样子,是大叠的勺子和叉子,以及堆成了小山状的鞋子。还有牙刷、碟子、碗、缠成一团如乱麻般的发带。两个犹太领导人的话继续通过扬传来:"我俩也会死。但不会逃跑。我们要待在这里。"他继续着第三条消息,而镜头则掠过奥斯威辛集中营里堆积成山的各种杂物。末了,我们听到了他的嘶吼:"这也许会震撼世人道德的底线!"

终于,扬·科尔斯基又一次回到了镜头的中央。他看起来精神亢奋,脸上却已经挂上了疲惫的线条。他低垂下了双眼。接着是漫长的沉默。克劳德·朗兹曼记录下了这无声的时刻,很长一段时间里,他们两个什么都没有说。终于,扬又一次开口,他告诉朗兹曼在两个犹太领导人那里,他更愿意和那个社会活动家沟通,就是那个工会会长。"也许是因为他的举止,"扬说,"他看着就像个波兰贵族,一个绅士,动作简单而优雅。"

其实扬·科尔斯基本人也很符合这样的形容。在采访开始的时候,随着旧日的伤疤突然被碰触,扬的举止发生了明显的变化——带上了久远的痛苦的意味。他的动作烙上了时间的印痕，已不如当年有力，但痛苦却没能随着时间减少。相反，这神经质般颤抖的手，简直让那些经历过的磨难清晰可见。扬的明眸中带着坚定的眼神，是那种决意埋藏自己过去，隐姓埋名地过一生的眼神。但他身上"地下组织信使"的气息仍然在隐隐地散发出来，这大概是因为扬·科尔斯基这头曾遭到追捕的困兽，至今依然带有抵抗和反叛的性子的缘故吧。

他讲述了那个工会会长，就是他觉得更绅士的那个，是怎么帮他组织起"深入聚居区"的行动的。那个人称呼扬·科尔斯基为"维托德先生"，我可以想象当时那个波兰地下领袖是怎么说的。"维托德先生，我了解西方世界，而你正要去英国。要给他们一份口头报告。我很确定，如果这报告能由你自己来亲口讲述，能带上'我亲眼看见'这样的词，肯定能说服他们。"他问扬是否愿意深入犹太人聚居区，然后冒着生命危险记录他的所见。又一次，扬·科尔斯基陷入了沉默。

"华沙"的字样出现在了屏幕上。顺着镜头，我们看到了一个仿佛死去的、幽灵般的城市。这里就是犹太人聚居区吗？什么都没有留下，即使在城区的中心，应当是闹市区的位置，也不过是空荡荡的街道。道路两侧的建筑物只剩一片空洞，寂冷和荒凉。

随着荒地、废墟和弃屋在镜头中一点点地摇过,扬·科尔斯基重拾了之前的主题。"过了一段时间,我们建立起了联系。当时华沙的犹太人聚居区还存在,但是到了1942年的7月,就整个从地图上被抹掉了。"屏幕上一栋房子被放大,门牌上写着"尤里·诺沃里朋基街40号"。尤里是尤里卡的缩写,这是一条典型的波兰街道。"这里曾经有座建筑……"扬说道,"这屋子的后半部分有堵墙,分割开了聚居区和外面的世界。所以这前面就是雅利安区。而这里曾经有个地道,可以毫不费力地穿过隔离墙。"他说是那个工会会长,"波兰贵族"改造的这座建筑。"他的精神被打垮了,就和这聚居区里的许多犹太人一样,看起来像扎根在这里住了一辈子似的。"透过荧屏,我们可以看到有一条狭窄的过道夹在两栋建筑之间。镜头更凑近了一些,便看到一个狭窄而又阴暗的院子,地道的入口就在院子的酒窖中。地道的另一个出口在一大片荒地里,那儿长满了看起来发红的野草,被破败的老屋、成排的房子以及砖墙团团包围。

扬再次出现在画面上,平静地继续着他的指引:"我们走上这些街道,他站在我的左边,彼此之间的交谈并不多……"从这里,我们进入了扬·科尔斯基命运的深处,而他此前所说的,只不过像是一个序言。要传达的真正消息不是呼吁国际上的支援——这点他认识得非常清楚——也不是试图让聚居区的犹太人得到武装。这消息无法简单地用言语进行传达，或者说在演讲时照本宣科地背诵就可以。事实上，这条消息在扬·科尔斯基之前没人知道应该怎么表达，而扬的任务，正是找到合适的词语和句子去描述他所看见的一切。

我们还记得采访开始的时候扬·科尔斯基的犹豫，他不愿想起曾经发生的一切，就好像那是一条边界，分开了他生活的当下和已经逝去的恐怖从前。"不，我不会去回忆……不……"记忆的齿轮仿佛被什么东西卡住了一般。即使只是通过言语，他也不愿回到1942年的犹太人聚居区。但他没有多说什么，就真正开始了这个故事。

"我此前对此并不了解，"他开始寻找合适的用词去描述聚居区，"我以前从没在里面待过，也没有什么处理犹太事务的经验……"说到这里，他发现要描述自己的所见，用目前的语言只能显得呆板和贫瘠。"好吧，那又如何呢？我现在要开始描述那地方了，可以么?"或许这些问题并非对克劳德·朗兹曼而发，而是用来放松自己的心绪，这样才可以有所准备，或许还能增加一点点的动力。"好吧……"他说。这个时刻一旦来到，他就必须要开始完成要讲的内容。而很显然，他宁可不这么做。正因为这样，扬又一次处在了崩溃的边缘，他捂住脸，吞咽了两下口水，然而嗓音依然发干。突然间，这具看起来马上就要倒下的躯体里猛得爆发出几个词，把我们引入了他的故事："大街上！裸体！很多!"这些话像是一阵痉挛,没有动词,也没有对地点的形容,只是生硬的描述。我们像是被突然丢进了聚居区,眼前的一切使人恐慌。

克劳德·朗兹曼短暂地打断了他:"尸体?"期间没有抬头看扬。"尸体。"扬回答。他继续讲述他的故事,盯着虚空,眼珠快要从眼眶里炸裂开来似的,就像他重新又看到了那些无法遗忘的景象。他问向导为什么这些尸体被抛在这儿,就在大街上。工会会长是这么回答的:"因为没有别的办法。如果犹太人家庭里死了人要收殓尸体,就得向政府上税。所以他们只能把亲友的尸体堆在大街上。""因为税钱?"克劳德·朗兹曼问。"是的。他们付不起。"这是向导告诉他的,他还说人们为了生存,如何连最小的破布片都收集起来做衣服补丁,更别提脱下死者的衣服用以御寒了。"妇女和她们的婴儿……"这话从扬齿缝间蹦出,像是另一阵抽搐,"女人们在大庭广众下哺育她们的孩子,但是她们没有……没有奶水……她们的乳房都干枯了。"扬·科尔斯基对经过之地和所见之事继续着描述,"小孩用他们疯狂迷乱的眼神,看着……"尸体,乳房干枯的女人,不正常的儿童,这些东西,就是扬亲眼所见和他正在描述的。

扬的思绪被过往笼罩,又一次下意识地用起了现在时态。他不愿回到从前,但个人的意愿已经被往日的暴风甩到了一边,他陷入了回忆,他回到了那里,1942 年的犹太人聚居区中。随着关于聚居区儿童的回忆被唤起，他不自觉地扶住了额头，再度濒临崩溃。不过克劳德·朗兹曼用提问及时拉了他一把，这个问题听起来很别扭，陷入回忆的扬甚至没能马上理解其含义："那里看起来像是个非常陌生怪异的世界？""什么？"扬问道。克劳德·朗兹曼重复了一遍他的问题，然而问题一旦改口成"另一个世界？"或者"那是另一个世界吗？"就没法表述出他微妙的本意。尽管在法语字幕里，它还是被译成了"另一个世界"。扬·科尔斯基纠正了朗兹曼的说法："那里根本就不是我所知的世界。"他补充了一句："毫无人性。"又是一段长时的沉默。扬看起来失魂落魄，带着他所说的"疯狂迷乱的眼神"。

突然间他又恢复了讲话："街道满了。满了。"他说，几乎所有人都拥在街上，想要把他们那点可怜的财物通通卖了好换到些许微薄的口粮。"三个洋葱。"他说，"两个洋葱。饼干。出售。求人购买。哭声：我在挨饿。"扬的句子支离破碎，异乎寻常的短。一个词，两个词，没有更长的。而之前在说两个犹太领导人对他进行嘱托的时候，语速虽然不快，但他还使用着长句。而这会儿，他说的话毫无语法，已经放弃想解释究竟看到什么了，而此时也没人可以帮他。碎裂的词句和残破的世界扑面而来：洋葱，饼干，眼睛，乳房。扬·科尔斯基几乎陷入了幻觉之中，但是他看见的那些小孩——"有的自己独自乱跑，有的被母亲抱着狂奔"——后来都死了。他重复了一遍:"没有一点点人性。"
为了描述这一切,他才尽词穷了。"那是某种……地狱。"听
起来非常的干枯。"地狱"是个被用滥的词,但除此以外,他
找不到别的话来替代,而如果他一言不发,就会卡在这里,
被这梦魇死死地抓住。

扬重新又开始叙述的时候,句子终于长了些,也变回了
过去时。"现在,"他说,"在聚居区的一部分,我说说聚居区
的核心部分,有个德国人的办公室。如果盖世太保在这里
放出了谁,他们就会通过这贫民窟,然后出去。"瞬间幻象复
返。扬抽搐着,嘴唇发颤,"德国兵穿着制服,他们正在通过
……安静! 每个人都停下来看着他们。没有动静,没有哀
求。什么也没有。德国人……操!"扬开始叙述德国军人看
着犹太难民的鄙夷眼神,他已经把自己带了进去,成为了
德军中的一员:"这些低人一等的贱种! 他们不配做人!"突
然间,恐慌四起。无数的犹太人从他身边涌过,扬和向导在
被人流推着冲向一所房子。他的向导低语着:"开门! 开
门!"然后一个妇女打开了门,他们挤了进去。向导对妇女
说:"没事的,没事的,我们是犹太人。"然后他把扬推到窗
边。"看那里! 看那里!"他说。

场面一片混乱。那是一队德国人。"有两个男孩,干干
净净的,穿着希特勒青年团的制服。"扬的用词很奇怪,在描
述青年团成员的时候,他用的是过去时,而在描述犹太人的

时候则采用了现在时。"他们就这么走着,"他说,"每往前一步,附近的犹太人就四散而逃,那两个团员彼此交谈着一些什么。"突然间,其中一个团员毫无预兆地把手伸进口袋。扬做了个掏枪的动作,霎那间脸变得苍白。那个团员在满是儿童的大街上,摆出了射击的姿势。"射击! 然后是一阵枪声,有些碎玻璃砸落在地上。"就好像他们是舞台剧导演一般。"砰砰砰!"扬·科尔斯基学着那阵枪声,但并不是很像,而他的脸越发地失去血色,身体颤抖不已。他说另一个团员赞扬了开枪者的所为,然后扬长而去。

"我当时看傻了。"扬·科尔斯基危颤颤地说着这句话,他依然没脱离那团阴影。扬在采访开始的时候害怕的就是被恐惧攫住,正如1942年8月在华沙波兰贫民窟与死亡擦肩而过时发生的一样。他不想重新经历这些,但却已身不由己。听起来,扬的声音不像是从身体里发出来的,反倒是身体像是从声音里蹦出来。因为只有他的声音还在提醒,现在已经不是那个年代了。和采访开始时候相比,扬完全变了——不是变成什么别人,而是成了他自己,那个刚刚看到这一幕的见证者。成为见证者本身会带来痛苦么? 不,带来痛苦的其实是语言。采访期间,随着扬的讲述,有些东西从话语中跃然而出:这些内容直接脱口而出,意味着扬的潜意识在自己寻找合适的词语,而这词语在挖掘着潜意识的同时,终于不再是修饰性的存在了,它拥有了自己的生命。

扬·科尔斯基说了那个犹太妇女把忍不住啜泣的他拥在怀里的事。他告诉那个妇女自己不是犹太人。但那个妇女只是回答:"好了,好了。"她说:"这又有什么关系呢?好了,好了。"扬的句子终于又有了语法,他在努力拉开回忆和现实之间的差别:"然后我们离开了那房子,离开了聚居区。"经由那条可以毫不费力地穿过的地道。这样他就暂时结束了这行程——"地狱"之行,如他所言。

但这一切还没结束。向导对扬说:"你看到只有那么一点点,愿意再回去一次吗?我可以陪同你看看一切。"扬同意了,然后紧接着马上说起了他的第二趟聚居区之行——不带任何停顿。他去过聚居区两次,不过照他的印象,两次造访的结果都一样,个人的感受亦是如此。他含着泪继续了他的故事:"第二天,我们又去了,同一幢房子,同一条地道。"这一回,他说,受到的震动没有前次大,不过却更加细致地感受到了其他东西。比方说,气味。"恶臭。"他说。这个词被反复了好多遍,感觉让人窒息的恶臭。扬的句子再次化成碎片,成了一个个的单词:"焦虑。烦躁。疯人院。"眼泪从他的面颊上滚落下来,"在穆拉诺维斯基广场(Platz Muranowski)上",他强调了这个词。

扬还看到小孩子们在玩破布。向导说:"他们在游戏,你看到没?日子总得过下去。"但是扬·科尔斯基觉得,小孩子们并没在游戏,只是装出在玩的样子罢了。然后克劳德·朗兹曼问起那里有没有树。"只有几棵,病歪歪的。"他回答,然后回忆起和向导默默漫步的一整个小时,期间谁都没说一句话。后来,向导停住了,对他说:"看那个人!"扬看到一个男人靠着树,眼睛暴突,眼神涣散,半张嘴巴,一动不动。扬停住了他的话语好让人回味。他死了?没有,向导说,他还活着。"维托德先生,记住这些!他还活着,但正在死去。好好看着他!告诉他们这里发生的事!你亲眼看到的事。不要忘记!"

他们继续走着,或许又过了一个小时。有时候向导会指出某些男人或者女人,要求扬记住他们。他反复地强调:"记住这个,记住这个。"有几次,扬问道:"他们在这里干什么?"而每一次,向导都回答说,他们正在死去。扬·科尔斯基再没有多描述什么,他已经无法继续故事了,一股空虚从他所说的语言中四溢出来。他说他们继续走了一会儿,直到他再也没法忍受聚居区里发生的一切,他已经到极限了。"带我出去。"扬说。现在他甚至没法好好地说完一整个句子了。"我感到恶心……就算过了这么多年……我不想……"他要逃避这段记忆,"我知道你的职责。我在这里。但是我不能再去回想了。"我们不知道他究竟看到了什么,但无论如何,那些他瞥见的聚居区里的男男女女一定让他无法忍受甚至无法理解。

　　"我知道他们是人类——但看上去完全不是。"扬很肯定地说,对置身当时的他而言,这一点也不矛盾。死或者生的状态不足以描述他所看到的事物,世间根本没有合适的词语去形容这一切,这也就是为什么扬·科尔斯基重复着他已经告诉了克劳德·朗兹曼的话:"那里根本就和我们的世界没关系,毫无人性。"有什么词语能描述半生不死的人呢? 扬彻底词穷了,只是说他把这一切写进了他的报告。最后,扬用了一系列否定句结束了采访:"那和我无关。我不属于那里。我从没见过那种事。我从来……没看到过有人写出这种事。这种事我从没在戏剧里见过,也从没在电影里见过!"结束造访后,他和他的向导离开了犹太聚居区。离别前彼此拥抱,相互祝福。"我再也没见过他。"这是扬的最后一句话,听起来和离开聚居区的要求一样生硬又唐突。然后他再也没说什么。只有起伏的胸膛、粗重的呼吸以及空洞的眼神,他已经精疲力尽了。还能看见他的嘴角上轻微的抽搐。

PART 2

扬把他在战时的经历写进了《在一个隐秘的国度中》（*Story of a Secret State*），这本书于 1944 年 11 月在美国发行，其后，它的法语版本《*Mon témoignage devant le monde*》也得到了出版。

书中的故事开始于 1939 年 8 月 23 日。时年 25 岁的扬才结束葡萄牙驻华沙大使馆的招待会返回家中。此前他在被他称为"欧洲大图书馆"的德国、瑞士和英国待了三年，其父亲的去世将他带回了华沙，扬决定在波兰完成他的论文。当时他无忧无虑，说着几门外语，甚至有些慵懒而闲散——当时，未来看起来正属于他这样的人。

是夜，有人敲他家的门。一个警察交给他一张红色的卡片。这是一征兵书。四个小时后，扬就不得不加入了他位于奥斯威辛、紧邻德国边境的师团。他被分配进了一所营房。正是在这个地方，九个月后，建成了举世闻名的集中营。由于扬有在军事院校学习炮术的经验，他被分配到一支骑兵炮师①去做少尉。对于这次调动，他并没特别在意，而是带着点嘲笑的意味把它称呼为"大阅兵"。不过扬

---

① Horse artillery，17—20 世纪早期欧美部队建制。火炮用马匹来运输，以达到高机动作战的效果，在山地尤其有效——译者注。

本人也酷爱马术,因而很愉快地就接受了军队开饭时的狼吞虎咽以及在上西里西亚平原的穿行往复。

彼时的扬·科尔斯基没有意识到时局的紧张,虽然有不少小道消息在军中四处流传:即使德国人已经摆出了要侵略他国的姿态,法国和英国还显示出要终止波兰的兵力调度,因为他们不想激怒希特勒。而拉扬入伍的红色卡片实际上是张"秘密征兵书",不存在于官方声明中,这正是波兰政府对事态考量后做出的对策。

通往奥斯威辛的火车上挤满了像扬这样的年轻人,大家都对波兰政府的行为一片抱怨。而每到一站停下,就会有更多节的车厢被加挂在车上以应对不断加入的新兵。火车终于抵达奥斯威辛后,扬就加入了那些和他一样被征召的预备军官群,对于战争,大家都抱着盲目乐观的情绪。扬这样记录下当时他对即将到来的战争的看法:"德国佬不堪一击,而希特勒也不过是个牛皮大王而已。"波兰会给这"荒唐的神经病"好好地上一堂课,扬的战友们这么称呼希特勒。

然而9月1日破晓。波兰的炮兵师还在沉睡时,纳粹的空军却已在未被发觉的情况下穿越了他们的防线,开始对整个防区进行轰炸。与此同时,数以百计的德军装甲车也穿越了波德国境线,波军设置的路障被彻底碾成了微尘。仅仅三个小时,防区沦为焦土。

扬·科尔斯基和他的同僚不敢相信眼前发生的一切："防线崩溃的时候，我们甚至还没就位好做出有组织的抵抗。"他写道。他们收到了撤退到克拉科夫的命令，火炮、补给和弹药已经被运送到了那里。当他们撤退到奥斯威辛火车站对面的街道时，遭到了伏击。子弹出膛时候的火光从后排屋子的窗户里不断闪现——是德国民兵队（Volkdeutsch），他们是有德国血统的波兰公民，平时住在波德边境，战事一开就倒向了纳粹，后来更是化身"第五纵队"加入到对波兰的血洗中。所幸由于不开火还击的命令，所以尽管蒙受了部分损失，但扬和他所在部队的撤军速度并没有受到影响。

在奥斯威辛炸毁的铁轨被修复完成的第一时间，他们就坐上了前往东边克拉科夫的列车。列车在行驶途中遭遇德军轰炸，近半车厢被破坏，许多人因此而受伤或死亡，扬则幸运躲过一劫。这是他这个受上天眷顾的幸运儿第一次与死亡擦肩而过，此后他也多次面临浩劫却终能幸免遇难。

幸存者们放弃了那个曾经叫作火车的燃烧闷罐，步行向东前进，混乱和恐慌这些人中四处蔓延。"我们已经不能算是士兵了。"扬说。成百上千的难民和逃兵汇合成巨大的人流穿行在波兰的道路上，行进速度异乎寻常缓慢。这趟旅程耗去了他们整整两个礼拜。扬和他的同僚们至今未开一枪，内心却无比渴望着复仇。在路上的时候，扬还在幻想前线能够有防御阵地,好加入进行对德军的反击,然而事实却彻底相反:别说有什么像样的抵抗了,噩耗倒是有一打。波兰的空军还有他们的战机都已经划归了德军。波兹南、罗兹、凯尔采还有克拉科夫也已经沦陷了。"我忘不掉弥漫的黑烟,城市的废墟,破烂的铁路口,面目全非的小镇还有村庄。"扬在书中记载道。

在为期两周的徒步跋涉时,从握有收音机的百姓手中传出了另一个消息:苏联军队也开过了国境线。"他们也向我们宣战了吗?"扬·科尔斯基问道。在这个苏联、波兰和乌克兰人都能收听到的广播中,苏联军队自称为保护者,要求波兰人民视他们为友军而非入侵者。对这种保护,扬显得很怀疑,苏德两国据说签订过条约①,而内容自然不会公诸于众。但无论如何,扬很确定不管他们究竟想做什么,波兰肯定是受害的一方。

惊人的变化果然出现了,事情发生塔诺波尔,这是波兰东南部的小城,位于地图的最下方,距其两公里处就是波兰和苏联还有捷克斯洛伐克的边境。扬·科尔斯基认真地记下了那个日子:9 月 18 号。那天,无数的波兰军队残部和难民在道路上前行,场面喧闹无序。突然有谁在大声叫喊着什么,却没人能听清楚。因为道路曲折,所以也看不到说

①　指《苏德互不侵犯条约》——译者注。

话者的样貌。骚动的人群继续蠕动向前,一些士兵甚至跑到前面想去一探究竟,然后他们就看到了。在村庄外面,道路的前方远处,有军用卡车和坦克正在靠近他们。扬的一个同事远远地认出了他们的身份。在一辆车子的侧边,喷涂有红色的镰刀锤子图案。"俄国佬! 俄国佬!"他叫起来。而那个声音听起来也清楚了些。"是波兰语。"扬写道,"但和我们熟悉的波兰语不一样,俄国腔里没有那种歌一样的韵律。"有个苏联指挥官在通过喇叭喊话,他在号召波兰人加入他们,但是长时间无人应答让他失去了耐心。"你们到底跟不跟着我们? 我们是斯拉夫人,和你们一样,不是德国人。"那个指挥官要求和一个波兰军官对话。波兰难民中疑虑四传,人人都觉得苏联人不怀好意。但终于队伍里有个领队站了出来,摇着白手帕走向了苏联坦克。红军方面也派出了一个军官去迎接他。双方相互致意,交谈甚欢。其后他们便一同走到了坦克后方扬看不见的地方,而那扩音器依然对着波兰难民大声的宣传。

波兰群体的意志完全垮了,他们只是在消极地等待。扬·科尔斯基说。闪击战使波兰彻底乱了阵脚,士兵们也没法再忍耐这种充当流民的日子了,有的人已经因为神经过度紧张而难以自控,还有一些看上去则像昏死了一般。

过了一刻钟左右,喇叭又响了起来,传来了那个波兰军官有力而让人信服的声音。他沉重地提到波兰业已失去了自己的政府和军队指挥,应该加入到苏军的阵营中。"帕拉斯科夫司令希望我们能投诚,立刻加入他们的部队。"然后他给自己的发言做了一个总结:"消灭德国佬! 苏波联合万岁!"

彻底的寂静。扬和他的战友们全都惊呆了。有人开始抽泣,然后哭了出来:"弟兄们,波兰被第四次瓜分啦。原谅我吧,上帝!"然后是一声沉闷的枪响。

有个男人,一个预备役军官,用左轮手枪了结了自己,子弹穿过了大脑,脑浆四溅。没人知道他的名字。

人群开始骚动起来,愤怒正在不可控地播散。那个波兰军官从苏军阵地跑了回来,试图让人们平静下来。不过这阵骚乱很快就被镇压了,因为扩音器喊道:"波兰的士兵和军官们! 把你们的武器都放到松树边上的棚屋那里——就在路的左边。"然后是更加威胁性的发言,"任何试图藏匿武器的行为将被视为背叛!"

那个小棚屋在阳光下闪着白光。它的任何一边都布置有许多重机枪,漆黑的枪口直直地对着他们。

终于有几个高级军官走了过去,把他们的手枪解下然后丢在了门口。然后是其他的军官和士兵们,在苏联军队狐疑的目光下,他们不得不做出了同样的举动。接着轮到了扬·科尔斯基。枪堆的反光眩惑住了他,就好像一个荒唐的标记。他满怀怨恨地把他的枪丢到其中,懊悔着自己甚至还没使用过它。剩下的其他士兵们也跟着做出了相同的举动。最后一个波兰士兵甚至都还没缴完枪,两队苏联士兵就迫不及待地从军用卡车上跳下,封锁了道路的两侧,用他们的轻机枪指着波兰士兵。扩音器又发号施令了,让波兰人成排站好。坦克也动了起来,黑黢黢的炮管瞄着这支波兰残部。然后,在扩音器的命令下,他们开始慢慢地向塔诺波尔行军。"我们成了红军的俘虏。"扬写道。

这支部队通过塔诺波尔时,城里的市民都涌到街道上来看他们,哀伤的神情挂在每个人的脸上。扬·科尔斯基感到一阵阵的耻辱,恨不得找个地方钻进去。在这四列纵队前进的时候,扬的一个同僚抓住苏联士兵分神的瞬间,偷偷离队,而混乱的人群也立刻将他接纳保护了起来,好像什么也没发生过一样。扬也想找个机会逃出去,但是苏联士兵却一直看着他,使这个计划终于不了了之。这场在自己家园里所发生的灾难规模实在太过巨大,扬至今都不敢相信这一切是真的,他写道:"坦克的轰鸣,在月光下闪亮的枪支,还有向黑暗中投去的警戒目光,让我觉得这简直是个怪异的梦。"但当他们终于抵达车站的时候,他才意识到,波兰已经不存在了,这个"怪异的梦"名叫战争,正要把他们逼出自己的故土。

塔诺波尔居民的睽睽众目注视着这支部队,而波兰军队已辜负了人民的期望,扬写道,在一阵突如其来的负罪感的冲击下,他抬头正视了波兰人群,然后把自己随身携带的小包赎罪似地扔了过去,里面装着他的现金,证件,还有他父亲买给他的金表。当然,他自己还是留了一点备用金的,那些钱被缝进了他的衣服里,一同缝起来的还有他最重要的一些证件以及一块金质的奥斯切巴拉马夫人奖章,后者和波兰爱国主义者的起义抗争紧密地联系在一起。

他们抵达了人声鼎沸的车站,这些残兵躺在长椅上或者坐在台阶上休息,更多的则不得不在地上和衣而睡。

次日早晨,一列长长的货运火车抵达了车站。苏联卫兵们把这些波兰军人都赶进了火车。每节车厢的中央都有个铁制的小炉子,还有几斤煤。每个囚徒则发到了一磅干鱼和一磅半的面包。在上车前,他们还被要求在车站的水龙头处尽量地装满自己的水壶。

这趟旅程持续了四天四夜。每天列车都会停下来一个半小时给这些囚犯们补充黑面包和鱼干。也就只有在车厢门被打开的时候,大伙儿才有机会伸展下蜷曲到麻木的腿。就这样他们终于抵达了苏联的领地。在每个站台上,都有一小群一小群的俄国人好奇地看着这些陌生的囚徒,有的还递给他们水和纸烟。在一次停车补给时,扬的一个通俄语的同僚和站台上的妇女攀谈了起来,她当时给了这个波兰人一瓶水,还把这些波兰士兵称为"法西斯地主"。"在苏联你会学会怎么去劳动,"她说,"在这里你有的是机会锻炼自己的劳动能力,但是想剥削致富可没门。"

终于,他们走下了火车,朝着远方的地平线方向跋涉了数小时,在穿过了一大片烂泥地后才踩上了坚实的地面,在他们面前,是一列由修道院改建而来的集体宿舍。扬当时并不清楚自己身在何方,但实际上,他们已经到了乌克兰,而这个营地,是八个关押波兰俘虏的劳动营之一,叫做克泽拉斯尼亚(Kozielszczyna)。

尚未看清周围,便听到集体宿舍的扩音器的叫声:这些波兰囚徒要做的第一件事情就是把官员和市民分开,然后再按照他们的社会职位继续细分,警察站这里,地方法官站那里,律师和高级知识分子在另一块地方。高音喇叭把他们叫做"波兰无产阶级和劳动人民的压榨者"。这些人被丢到其他的木屋中分开关押。他们和与他们类似的波兰社会精英,在数月后被集体送到了斯塔奥伯林斯克(Starobielsk),在贝利亚——苏联秘密警察局头子的命令下随后遭到秘密处决,然后被丢到了卡廷的乱葬坑中。而苏联政府多次嫁祸纳粹制造了这起惨案。随着 25000 人被屠杀,波兰的整个社会精英阶层和国家未来的希望几乎都被精心地抹去了。

当时扬·科尔斯基和其他的军官被安排去做苦役。于他们而言,生活只剩下了一个目的:逃亡。离开营地看起来并不麻烦,但是如果想找到离开这里的火车则难比登天。

剩下的选择就只有穿过这个寒冷、敌意的国度,而他们甚至不会说当地的语言,一想到这点,就连最勇敢的人都会绝望。后来他们听说了一个消息,纳粹和苏联在进行俘虏的互换:德国人把乌克兰人和白俄罗斯人还给苏联,而共产党人则把那些"有德国血统"的波兰人交过去,就好像他们生来就是第三帝国的一分子那样。不过这个俘虏互换的行动仅限于列兵的层级,所以扬理论上也不用指望能够参与进去。不过他出生在罗兹,这点他携带的出生证能够确认,而罗兹正是被纳粹德国侵吞的边境地点之一。

所以扬跑到了主营房,询问能否将他也加入这份要去往德国的交换名单。他说他是"列兵科兹列维斯基,无产阶级劳动人民,生于罗兹"(科兹列维斯基是科尔斯基的全称)。结果第二天,他成功踏上了开往了西方的火车,和另外两千个士兵一起被送往了六周前他行程开始的地方。

战俘交换在普热梅希尔进行,苏德边境小城,这是按照里宾特洛甫—莫洛托夫条约①选定的,就是后来所知的波兰瓜分条约。交换在一大片农田里进行,那是十一月的一个早上,天刚刚破晓。俘虏们在那里枯等了五个小时,冷风刮过身着的褴褛布条,他们中的大多数最后甚至坐在了烂泥地里。为了御寒,俘虏们从边上收集来芦苇,凑成临时的

---

① 即《苏德互不侵犯条约》——译者注。

蓑衣披在身上。在和卫兵的攀谈中,扬发现苏联人对于这些俘虏宁可选择德国而不是待在苏联感到很讶异,这举动在苏联士兵眼中无异于无知或者白痴。他们重复说着:"Unas usjo haracho, germantsam huze budiat。"(我们这里什么都好,德国那里要糟得多)扬对德国倒没什么幻想,他很乐意离开苏联劳动营,但是进入德国很可能是跳进另一个火坑。照他的打算,扬打算找到波兰军队加入,他相信总还有些残部在继续着反抗。

漫长的时间过后,一些德国军官坐着车抵达了。他们检视着俘虏,嘴角不住地冷笑。完成检视后,这支俘虏部队就启程向桑河桥(维斯瓦河的支流)方向走去,路程数里。而对面也出现了被德军看押着的苏联军人。当他们在桥上擦肩而过的时候,一个乌克兰口音的人嘲笑了这支波兰部队:"这群傻子,他们还不知道自己会被怎么样。"

现在这些波兰军人的控制权移到了德国人手中,德军向这些俘虏保证他们会被安好地处置,也能分配到工作。然后把波兰军人带上了另一列火车,与此前一样,六十个人一节车厢,不过有了多一点的黑面包和水。这趟列车在四十八小时后抵达终点。扬的同伴猜想工作环境会很恶劣,但是德国人却终于说服了他们,说能享受到宽松的环境。正如扬·科尔斯基写下的:"这种我们能够得到自由的许诺使得人们连一点逃跑的念头都提不起来。"

抵达波兰西部的拉多姆时，他们被勒令下车并被推搡着站成了几列，然后德军驱赶着他们走进集中营。这整个地方都被铁丝网重重地拦着，让扬感到一阵恐怖。德军保证这些波兰人马上就会被释放。他们还补充道，在这段期间如果谁想往外跑，就会被第一时间射杀。扬·科尔斯基马上意识到他们在说谎，纳粹永远不会释放这批俘虏，如果要逃，就只能趁早。

接下来的几天让扬更加震惊。"这是我第一次。"他写道，"看到这种暴虐和无情的行为，拉多姆的集中营的一切远远超过了我的设想。"他对这个世界的认知被撼动了。那里缺医少药都算是小事，实际上人们几乎连食物都没有。集中营的看守暴虐无情，没有一天见不到倒在地上的囚犯被人猛踢；也没有一天见不到俘虏在被狠狠地扇耳光；同样的，没有一天见不到人们在行刑区被射杀，他们的罪名都是试图逃离，但这些所述加起来也不过是冰山一角。最最让人不寒而栗的地方不在于这些暴力，而是这些暴力的非必要性。狱卒的残暴行为不带有任何目的，既不是为了整顿纪律也不是为了羞辱犯人。扬觉得这大概是他所谓的"制度"——"前所未闻的，野蛮的制度"，而那些狱卒们遵守着这样的体制，却甚至未能意识到这点。

扬真正明白了这句话的含义：邪恶无需理由。

不过，在这地狱的中央，奇迹依然存在：每天都有人把一些包裹抛过铁丝网丢进集中营,有时候是面包和新鲜的水果,有时候是培根卷,甚至有时候还有现金。当这些包裹砸落在灌木丛之中,所有人都会一拥而上去拾取它们。扬的身手敏捷,所以他常常能有处理包裹的机会。不过更重要的是,他成功地联系上了这些暗中的帮助者。通过一支只剩半截的铅笔,他写了一张询问能否出逃的便条,将其夹在破衣服里丢出进行问询。次日,他急冲冲地赶到灌木地下,发现另一个包裹,它夹带了回答的信纸:"我无法直接提供帮助,因为会被发现,不过几天后你们会被派到营地外面劳动,想办法在路上逃跑。"

果然,不过几日,波兰战俘们就在毫无告知的情况下被押到了车站。路上看管严厉,扬没有机会脱逃。战俘们被迫挤在只有三十英尺宽六英尺高的牲口运送车中,而整节车厢的光源只有顶上开的四个小天窗。同时看守又一次发出了威胁:"任何在车厢里引起骚乱还有大小便的人都将被就地枪决。"然后猛地关上了门,黑暗中传来了铁门闭合上的沉重响声,然后就是尖利的汽笛声,火车启程了。

扬在这里结交了三个朋友,和扬一样,为了出逃他们愿意付出一切代价。商定之后,四人决定等到晚上一起行动,而逃跑的方法就是趁夜色从窗口里爬出跳下火车。扬还记得他儿时常玩的杂耍:由三个人把第四个人抬起来,调整角度后把人往上抛。这一次,他们决定让用这个方法爬出天窗。

　　问题是,他们还得帮助其他的士兵,否则余下的人必定会因为扬几人的出逃而遭到处罚,而且很可能将永远丧失再度逃亡的机会。于是在朋友们的鼓励下,扬站出来发表了一番临时的演讲:"波兰的同胞们,我有些事要告诉大家。我不是军士,而是军官。我和这三个战友将试图跳车逃跑,这并非出于是对自身健康或者是安全的考虑,而是因为,我们想加入波兰抵抗军。德国佬说他们已经消灭了我们的军队,但大家都明白,这不过是一派胡言,波兰军队依然在顽强地抗战。那么,你是否愿意尽一个士兵的责任,与我一同逃亡,一同为国而战?"

　　士兵们并没有被全部说服,其中一些盯着扬看的眼神就好像他是个神经病,其他一些则更是露出了讥笑的神情,看起来他们不但不想出逃,还认为德国人终有一天会对他们公平以待,更糟糕的是,他们极力反对扬和他朋友们的出逃计划,因为这会给剩下的人带来危险。

　　但是扬坚持着自己的观点,他甚至威胁他们。"我们可没有打算,"他说,"当一辈子的德国奴隶。当你们给敌人卖命的消息传到家里,传到你朋友那儿时,你猜他们会说些什么?"

　　最终有八个士兵决定加入他们的行动,还有一些则愿意在他们出逃的时候搭把手。

夜幕降临,列车的速度慢慢地降低,他们的机会来了。扬的一个朋友打头,扬让他踩上肩头,另一个抓住了他的膝盖,最后一人则扶稳了他的脚。他们把他举到天窗位置,然后艰难地把他推了出去。他们就这么一个接一个地上,直到已经有四个士兵用这种方法脱离了车厢时,传来了枪声,探照灯开始在车厢外扫来扫去。扬不由得开始担心起出逃行动可能因此失败。在另外四个波兰士兵爬出了天窗后,枪声大作,至少有一个士兵中弹,扬听到了他痛苦的呻吟。接下来轮到了扬,他也被推出了天窗,然后便是跳落,摔倒,翻滚。没时间揉下肿痛的身体,他就听到远远的枪声传来,扬爬起来拔腿就跑,躲在一棵树后,等着枪声渐消——火车开远了。

扬在那里待了半个小时试图与同伴会合,同时也为自己没来得及和他们约定好一个会合点而懊悔。

有什么人也在这片树林穿行,扬认出他是那个一同出逃的年轻士兵,只有十八岁的样子,这会儿因为恐惧而跌跌撞撞地奔跑着。

扬叫住了他,这个年轻人的心神顿时安下了不少。成功地从德国人手上逃了出来后,现在再没什么人追捕他们了。与那个年轻人的想法一样,扬·科尔斯基盘算着回到华沙。漆黑一片的森林里淅淅沥沥下着雨,他们决定找到几件能穿的干爽衣服,一个能过夜的地方,还得弄点吃的喝的。三个小时的跋涉后，两人终于看到了一个村庄，灯光从农户家的门缝里点点滴滴地洒出来。

扬决定去冒下风险，幸运的是，开门的是个面善的老农夫。在得到确是波兰人的回复后，扬又问他是否爱着这个国家。是的，老农夫回答，我爱。你是否信奉耶和华？是的。这之后，扬才向老农夫透露他们是刚刚从德国集中营逃出来的波兰士兵。接着扬又用同样严肃的语气重复了一遍他在列车上对波兰士兵们说过的话，他们想要加入波兰军队以"拯救波兰"。"我们没有被击垮，"他说，"你一定要帮帮我们，给我们点穿的，如果你不愿意这么做还把我们交给了德国人的话，迟早遭天谴。"

老农夫只是温和地笑了笑，不过还是发誓说不会背叛他们。

农夫的妻子给他们温了些热牛奶，还有两切黑面包。然后把他们引到一张铺有厚毯子的床上。这是他们数月来第一次能够安安稳稳地睡上一觉，所以疲倦至极的两人直到第二天中午才悠悠转醒。当他们睁开的眼的时候，发现老农夫已经为他们准备好了裤子和旧夹克，而农夫的妻子则给他们又端来了新鲜的热牛奶和面包。扬和那个年轻士兵换下衣服后想留些兹罗提①表示感谢，却被农夫一口回

---

① 波兰货币单位——译者注。

绝。临行前,农夫告知了扬一直担心却无法证实的事——波兰正规军已经全军覆没了。波兰还有流落各处的士兵,很多的士兵,但是军队已经不存在了。这不是德军的谎言,无论是广播还是报纸,所传达的信息都是一致的,而且首都华沙在苦苦支撑了几周后也已经沦陷了。所有人都业已明白,国家已然不存在的事实,现在这片曾经被叫做波兰的土地,被德军占了半壁,另一半,则落到了苏联手中。

扬·科尔斯基问起盟军的动向,问起法国和英国是否正在为了帮助波兰而行动,但是老农却只是回答说他不知道什么盟军,唯一清楚的就是波兰在惨遭蹂躏时没有一个人愿意伸出援手。

扬边上的年轻人颤抖着,忍不住地掉下了眼泪,绝望卷走了他的神智。扬陪他走到了凯兹,由他去向苏军投诚,自己则踏上了去往华沙的漫漫长路。

在通往华沙的六日行程中,扬回味了一遍从八月的那个晚上至今所发生的事,像其他两千个年轻人一样,他在那天收到了红色的秘密征兵书。而眼下是十一月,自从被征兵开始,实际上才过去了仅仅两个月。他想了想,这两个月所经历的似乎比之前二十年更多:飞机轰炸,苏军抓捕,战俘交换,监狱脱逃,还有现在的流亡。对这一系列的事情,他可没什么准备,不过想来也不会有谁能真正会去准备应对这些。这大概也是他一直疯言疯语波兰军队还在顽强抗战的原因,即使所有人都知道波兰军队已经玩完了,他依然幻想着波军的存在,因为事实实在无法让他接受。但实际上,不只军队覆灭,甚至连国家本身也已被瓜分。不过在波兰的历史上,曾经发生过许多次军队瓦解、政权垮台的事。国土被四分,文化被摧残,但最后波兰总会重新站起来,扬也因此依然坚信依然存在抵抗,无论多么微小,无论多么隐秘,总有人会坚持下去,尤其是在首都华沙。

　　四处可见闪电战留下的凄凉废墟,道路上挤满了不见尽头的难民人流,这些人是从自己那化为废墟的家园中流离出来的。他们把能收拾的家什细软用推车装着,迈着梦游似的脚步,一刻不停地踟蹰前行。扬·科尔斯基因为知道如何修理马具,在一匹老马拉的车厢里找到了自己的座位,抵达了华沙。

　　首都彻底落入了纳粹的手里,扬在抵达的时候重新确认了这点。商业区已经随着剧院和咖啡馆一起烟消云散了,取而代之的是阴森的街道和随处可见的坟包。在城市的中心,有个巨大的合葬坑,躺着无数无名的战士。坟包上覆盖着鲜花,周围则是温暖的烛光。许多人跪在附近痛哭和祈祷。扬了解到这个纪念活动从清晨到宵禁,从不中止,总有不同的人在这里轮换,而这一切从城市被占领的第一天就开始了。与其说这是个悼亡仪式,倒不如说是对德军侵略行为的一种抗议。

扬在坟前怔怔地呆了一会,终于扭头向他姐姐房子的方向走去。但他在那里只找到了一个陷入悲痛中的妇人,扬刚刚失去了他的姐夫。他被纳粹捉走折磨后枪杀了。这同时也意味着这地方十分危险,不可久留。扬在这儿只休息了一个晚上便辞别了,早上临行前,他的姐姐给了他一些衣服、现金还有首饰。

扬漫无目的地走着,被轰炸后的城市将它的伤口赤裸裸地展现在扬的面前。他突然想起有个叫迪杰帕托维斯基(Dziepaltowski)的家伙就居住在附近,那个朋友生来虚弱的身体在战时反而成了使他幸运地逃过了兵役。迪杰帕托维斯基战前是个小提琴手,把他的一切都奉献给了艺术,虽然穷得叮当响,却也非常正直。

看到扬还好好地活着,迪杰帕托维斯基非常高兴。小提琴手看来最近过得不错,精力充沛。尽管波兰的未来充满了阴霾,迪杰帕托维斯基却对此充满了信心。"不是所有波兰人都听天由命。"他说。扬发现他总在手边的小提琴居然不见了。"因为我有些更重要的事情要做。"然后他问起了扬的现况,问起扬手头是否宽裕。扬则告诉了他从德军和苏军手中逃脱的事。迪杰帕托维斯基很确定地说道:"你需要新的身份证明。靠假名过日子会不会让你寝食难安?"然后他拾起桌上的一张纸,在上面潦草地写了点什么。扬被自己的朋友这副充满活力的表现弄糊涂了,在印象里这个小提琴手是个总有点失魂落魄的理想主义者,但现在他居然要扬阅读,记下,然后毁掉刚才给他看的那张写着指示的短笺:"该换个新名字了,现在你叫库查斯基。"

迪杰帕托维斯基又给了扬一个地址。那是个女人的家,她的丈夫已经被纳粹抓走了。扬可以在那里躲藏上一阵子,他同时也告诫扬,虽然这个女人可以被信任,但她对谁都戒心深重,不易相处。

扬·科尔斯基的好奇心被唤起了,还没张口却先被迪杰帕托维斯基止住。他建议扬把他姐姐给他的戒指卖掉一个好购买食物供给,诸如面包、培根或者白兰地。然后好好休养,尽少出门,静待联络。而他的新身份证明会很快带给他。

扬当时并不清楚,但从此时起,他已不再是命运单纯的傀儡:他加入的正是波兰地下反抗组织。

在迪杰帕托维斯基给的地址,扬找到了一个 35 岁上下的女人,诺瓦克夫人,还有她 12 岁大的儿子,泽格姆斯,两人都非常安静。整个套房明亮宽敞,扬住的那个房间也温暖舒服,墙上还挂了幅拉斐尔《圣母像》的复制品。

两天后,来了个年轻人给扬带了一封信。里面是新身份证件。他有了个新名字:维托德·库查斯基,生于 1915

年,卢基,因为先天身体虚弱未能服兵役,目前是小学的教师。

　　与此一同被捎带来的还有另一条信息,迪杰帕托维斯基让他去取下他的新证件照。扬原先还以为他们至少要有两到三周不能相见呢。

　　回来后,扬·科尔斯基待在房间里,躺在床上,一边读书一边叼着香烟不停地吞云吐雾。现在出去找工作会让情况变得复杂,兴许还会有危险。靠着他姐姐给的戒指和怀表,他还能耗上几个月。能够感觉得出,纳粹对这个城市的统治使得居民的生存质量每况愈下,但即使如此,他依然说服自己说战争会很快结束,英法军队即将解放波兰。

　　两周后,迪杰帕托维斯基过来找扬,告诉扬已经正式成为了波兰地下组织的一员,而这位前提琴手在这个组织中正处要职。扬在日后才了解到,当时盖世太保正在四处寻找想要迪杰帕托维斯基的命。至于迪杰帕托维斯基,他在1940月6月收到了一条刺杀盖世太保成员施耐德的命令后,在一家公共浴室里成功地枪杀了目标,当然,这是在被捕、严刑拷打和处决之前的事了。

　　扬描写了位于华沙的纳粹嫌犯追捕组织,那些秘密警察。尤其是在1940年6月时,纳粹围住了整个街区肆意逮捕,无论是电车中的上班族,商店里的消费者还是饭店里的食客统统被抓了起来,然后赶进密不透风的卡车集装箱中。

扬记录下有两千人左右被这么拘捕,其后他们中的大部分被送去了奥斯威辛,当时这个距离波兰首都仅仅六十公里的集中营刚刚开始被使用。

恐怖的气氛在华沙城内不断地蔓延,纳粹在动用一切手段对付任何敢与他们对抗的组织和个人。在他的书中,扬讨论了这个问题,也分析了波兰地下党在其中的影响,他透露了一个当时切实存在的顾虑。举例来说,1939 年 11 月,有个掌握了部分波兰地下党资料的德国军官在咖啡馆门口被射杀,德军立刻着手逮捕了事发地点附近上百名无辜群众,然后将他们一一处决。扬写道,通过这种方式,德军试图逼迫波兰地下组织放弃抵抗。但要使波兰的人民受奴役,依靠这种血腥的威胁是根本起不了作用的。"如果我们在这种残忍的敌人前放弃了抵抗,那就意味着德国人真可以彻底在这片土地上为所欲为了。"他在书中写道。

扬的第一个任务是去波兹南和一个地下组织成员见面,在战争开始前,那人曾经在政府中担任要职,而这次的任务就是去商定如何利用他曾经的影响力来赢得人们的支持。波兹南现在也属于德占地,要去那里,必须采用德国化名。而那个会面者的女儿也会作为成他的"未婚妻",用同样的手段,伪装成德国人去盖世太保那里申请让她的"未婚夫"入境。

作为波兰最古老的城市之一，波兹南也被认为是民族独立精神的摇篮。所以扬·科尔斯基成功地通过检查进入城市的时候被整个吓了一跳，和印象里的完全不同，波兹南被完全去波兰化了，店名、街道名还有电话亭上的波兰文标识全被置换成了德文，纳粹标语和希特勒的雕像随处可见。

他的"未婚妻"海伦娜·施伯特一头深褐色的发丝，打扮得非常迷人，从任何角度讲，她都很有勇气。她向扬描述了当下波兹南的情况：纳粹对这里的控制极其严密，这是华沙或者其他一线城市所无法比拟的。除了德国人之外，只有一种人能成为这里的正式公民，即那些愿意放弃波兰身份的原住民，其他的人要么被赶得远远的，要么就在城里做奴隶一样的苦工，他们连坐汽车和搭电车都被禁止，甚至是在走路的时候，都必须站开好让德国人优先通过。因为条件的恶劣，波兹南的地下抵抗无法像在华沙那样得到有效的组织。海伦娜·施伯特自己也是硬顶着恶心，志愿申请了德国国籍，才能方便地为地下组织工作。而其他的地下工作者因为拒绝了成为德国公民被迫远离了这里，所以在波兹南，很难找到多少有志于复国的波兰人。实际上，这里很快就要彻底变成一个德国城市了：纳粹正在不断地驱逐剩下的波兰人，清空他们的房子好为德国移民做准备。

海伦娜的父亲，也不愿更改自己的国籍，在波兹南的乡下隐居着。他和扬交换了许多关于地下工作的看法，看起来他们谁都没有办法在这里重新拓展地下工作,除非他们能得到中央政府的直接支持。扬最后带着他的这个报告返回了华沙。

扬的第二个任务比之前的要困难得多。在尝试去法国和波兰流亡政府(位于法国巴黎,由西科尔斯基将军领导)取得联系以前,扬·科尔斯基需要在苏联辖地的利沃夫执行一些命令。此前多亏了往返于法国和波兰之间的秘密信使,波兰流亡政府和地下抵抗组织之间的联系已经被建立起来了。

扬·科尔斯基也要成为这些使者中的一员。

如果和法国进行比较,我们就会发现波兰的政府结构和法国不同,没有一个明确的中央核心,同样出于这个原因,与花了许多时间才组织起来的法国地下抵抗运动不同(法国地下组织的组建时间甚至比其正式运作的时间还要长),波兰的地下组织几乎在家园沦陷的那一刻就已经开始运作了。

为了应对德国的入侵和保卫首都,波兰不同政党曾于1939年在华沙召开过会议,达成了合作协议,然而随着华沙的沦陷,这些合作协议未能扩散到其他的城镇。这也就是扬赶往利沃夫的原因,他被派去建立与华沙协议类似的多党合作协议,而那之后,他则要赶去法国将此事告知流亡政府。

在这个背景下,扬和一个地下抵抗组织的领导人见了面,对方叫做伯泽茨基,年逾六十,思维清晰,神色忧郁,曾经是多届波兰政府中的核心成员——就是那种在暗处操控政治改变历史的角色。

他的房子冷得像个冰窖,伯泽茨基本人也是穿着一件厚厚的外套,他招待了一些饼干和茶,然后让扬坐在扶手椅上。至于他本人,依旧站着,背着手在屋内来回地踱步,看起来就是一个思考"上帝把我们放置在了一个严酷的境地,我们被两个强大又贪婪的邻居夹在了中间"这种严肃问题的人。对伯泽茨基而言,波兰始终脱离不了被掠夺的命运,今日自由的获得也不过是为了明日的失去而已。

这个人有颗钢铁般的心。他很直白地对扬说,如果情况继续恶化,那么他会毫不介意服毒自尽。然后他向扬展示了自己的印戒,只需要按一下戒面,宝石就会升起,掉出一些白色的粉末来。扬被逗笑了:"我还以为只有美第奇和伯基亚家族①用过这种玩意,真想不到还能在华沙看到这些,现在可是二十世纪啊。"伯泽茨基只是回答说,尽管时代不同,但人性不变,做些准备无可厚非,世间永远有猎人和猎物。

---

① 文艺复兴时期意大利大家族——译者注。

在伯泽茨基和扬·科尔斯基的长时间谈话中,两人讨论了地下抵抗运动的组织问题还有其政治重要性。就扬个人而言,这则是决定他一生命运的重要事件,从此开始,他成了一个信使。

伯泽茨基给了扬两条讯息,一条带到利沃夫,然后把另一条带给法国流亡政府。扬需要尽可能精确地复述这些讯息。讯息是关于地下抵抗运动的,不同派系的地下抵抗组织需要联合起来以进行合作。然后扬去往波兰流亡政府那里说服他们对这些抵抗运动加以支持。

讯息里第一点也是最重要的一点,需要无条件地加以服从,即反对德军一切形式的占领,任何出现在波兰国土上的纳粹政权都是抵抗运动的目标。

第二点则是关于"秘密国家",或者说关于"地下国家"——这个词被扬频繁使用,不光因为它是《在一个隐秘的国度中》这本书的标题,同时也是全书的主题。"尽管是颠覆性的形式,但波兰政府始终存在,无可撼动。"伯泽茨基说。在他看来,地下运动的意义远不只是对于纳粹压迫的反抗,而意味着政权的延续,这同时也意味着流亡政府的政权权威性被打上了质疑的问号。

在交流中,伯泽茨基断言地下抵抗组织需要武装支持。结果他也确实为卫国者(波兰语 Armia Krajowa)的建立打下了基础,这支部队一直在不断地活动着,直到 1944 年华

沙起义达到其顶峰。

伯泽茨基确信其他德占区的政党也会同意他的联合计划；扬需要赶往苏占区去确认那边的情况如何。他没有告知扬·科尔斯基这个联合计划的细节，有其他人会在扬之后和各地的组织进行细节的交代。机密还是不要知道太多比较好，伯泽茨基说，这会带来极大的风险。包括扬在内，他安排了许多人去确保这些信息完整送达。

扬·科尔斯基的行程看起来就像间谍电影。他需要从位于华沙的一个工厂拿到能证明其身份的信物，信物标识出他的工作地点位于德占以及苏占区前线。在那里他需要和别人秘密接头，后者从属于某个犹太组织，专门负责把人偷渡进苏占区。此时大多数的偷渡客是犹太难民，这是因为纳粹已经开始在着手对犹太居民进行调查和人口统计，许多人感到恐慌而背井离乡。扬要和这些难民一同穿过苏德边界，然后去最近的火车站搭上开往利沃夫的列车。抵达利沃夫后，他同样需要去往一些特定的地点，用暗号接头。

在交谈中，伯泽茨基警告了扬，如果他被纳粹逮捕，地下组织就没法对他实施营救。不过要是落到了苏联人手里，情况还能好点。

扬写下了数周后伯泽茨基被抓捕的事，他没来得及吞下戒指里的毒药。盖世太保一根接一根地折断了他的浑身的骨头,但是伯泽茨基始终一字未发,然后他被枪决了。

在等待出发的时日里,扬·科尔斯基尝试着习惯他的新身份:"我仔细地记下关于那个工厂的一切,还为各种暗号的问答做了充足的准备工作。"

任务开始的时候,一切都很顺利,也没有受到监视。一下火车,他就自己驾着一辆马车去往苏德分界线的一处小村庄。在敲了接头人的门后,他被带到了会面地点,一个很干净宜人的地方,有小溪从边上经过,风车则自顾自地"吱嘎吱嘎"转着。下一批次的越境团体要在三天后才出发,扬记住了这个地点和出发时间,与此同时,他在当地的旅店里订下房间住了进去。为了避人耳目,他还装病在自己的房间里蹲了三天,直到约定当天,才早早地出了门,在说好的晚上六点之前就赶到了风车附近。不过早在他之前,那里就已经被数不清的家庭、情侣、老人、儿童给挤满了,甚至还有两个抱着婴儿的妇女也加入了这个庞大的队列。而他们的边上是堆积成山的包裹,一捆捆、一束束的杂物,许多的挎包以及拉杆箱。有的人甚至还把毛毯和枕头打包在其中。

他们的向导说跨越边境的路要徒步走上十三公里穿过森林和田地。这会儿天已经黑下来了,不过明亮的月光打在他们每个人的脸上,队伍也就当即出发了。向导带着路,他走得又安静又快,一点也不左顾右盼。其他人则尽力跟着他,在一片泥地中跌跌撞撞地跋涉着,不时滑倒擦伤他们的手脚,或者碰破脸皮。在婴儿吵闹的哭声中,这群人就这么担惊受怕地走着,祈盼别碰上一支刚好路过的巡逻队。

最后,他们进入了森林,向导看起来松了一口气。他对这群人说,他们已经成功地跨越了边境,到达了另一边。这些流民顿时感到精疲力尽,再也走不动了。他们就地搭营过了一夜。

第二天在附近的村庄,扬找了一家旅店稍事休息后便赶往火车站。目前为止,整个旅途一路顺风,没有碰到过麻烦事,因此他在火车上沉入了梦乡,一身轻松地醒来时已经抵达了利沃夫。

扬曾经的一个教授就住在利沃夫,现在正在担任这里地下抵抗组织的领袖。这是个非常谨慎的人,尽管扬的暗号和身份标识都没有问题,但是因为资料掌握得不够,他依然拒绝直接见扬,而是安排了另一场会面,就在两个小时之后的大学花园里。

这回教授看起来放心多了,和扬坐在了一条长凳上。扬向他解释了联合起各个地下抵抗势力的计划,教授对此表示非常赞同,他甚至也早有此意向,对合作有了充分的准备,而且还向扬透露了他的设想里所包含的细节。作为扬工作的回报,他还描述了利沃夫的环境:因为是苏占区,所以和华沙的情况有很大的不同。苏联秘密警察（GPU）对他们的压迫力度远远不及盖世太保在德占区的行为，但是组织纪律上却比前者更严明。所以在利沃夫展开的工作也受到了诸多限制，尤其是与其他秘密组织的接触几乎很难实现。

次日，扬和另一个地下组织领袖会了面，他曾经是一个军队将领。尽管扬表明了自己的身份，他还是不愿与扬对话，当扬重申他有从华沙带来的消息时，那人直接回答说他没有听说过扬这么一号人，对其他的华沙地下组织成员也一无所知。

当天晚上，教授得知此事后，表现得一点也不吃惊。他解释说在利沃夫，苏联秘密警察活动频繁，每个人都戒心重重，然后他承诺说会尽量把扬带来的消息散布开去。

扬还谈起这个任务需转道罗马尼亚去法国的事。教授建议他不要这么做，因为罗马尼亚边境是全欧封锁最严密的地区，许多带着猎犬的巡逻队彻夜不停地在那里搜巡，扬最好先返回华沙再合计其他的路线。

1940 年 1 月末，扬·科尔斯基返回华沙，不过这只是次短暂的停留，他很快就搭车去扎科帕内了，就像上面提到过的那样，他这次行程的目的地是法国。扎科帕内是波兰南部的一个小村，临近捷克斯洛伐克，它坐落在塔查山中，那是喀尔巴阡山脉中最高的一座。

他正要开始他书中最激动人心的旅程。

在翻越雪山的行程中,扬有三个同伴,两个是和他一样的旅人,还有一个是地下组织的向导,前滑雪教练。在通往匈牙利的路途中,他们需要使用雪橇。整整四天中,几个人把自己罩在套衫和厚棉袜里,在斯洛伐克的山脉中穿行。扬对于这种感觉非常着迷。"那些雪,"他写道,"在太阳刚刚露出半个的时候反射着紫红色的光芒,然后化成粉红,接着是炫目的白,这时候不用回头就明白,朝阳已经在我们背后升起了。"

因为决定在途中不到任何居民点停留,所以几人都把自己的行李和物品放置在紧身背包中,包括了巧克力、糖果、面包还有烈酒。旅途中极致的雪景使扬激动万分;令人兴奋的速度、澄澈的天空还有山脉反射的阳光让扬感受到前所未有的自由,而从战争开始后他再也没机会体验过这些。

每当夜幕临近,他们都会去寻找山洞或者牧羊人临时搭建的营地,在那里度过漫天繁星的夜晚。破晓之时便继续沿着山势往下滑行。像这样纯粹的快乐在扬书中其余的部分里是找寻不到的。

这支小队在匈牙利的边境分开了。扬·科尔斯基去了科西策,那里的波兰流亡政府分部给了扬一些更换的衣服,然后用车将其送至布达佩斯。途中,扬的喉咙肿痛,而之前擦伤的手脚则血流不止。于是不得不脱掉了自己的鞋子,让人把自己送到了"负责人"那里——"负责人"是扬的叫法,实际上是波兰地下组织和流亡政府的中间人。在那里扬得到了包扎,"负责人"还给了他第二天进医院疗养的费用。

就这样,扬在布达佩斯待了一周,受着医疗护理的同时还在城里稍微走了走。直到他的法国护照准备妥当之后,便重新又上路了。十六小时后,他穿越南斯拉夫,通过辛普朗关隘,抵达了米兰。

换乘的第二列火车则将他带到了莫达纳,这是意大利和法国的边境城市。许多纳粹间谍也走这条路渗透进法国,他们喜欢把自己伪装成波兰难民或者地下组织成员。正是出于这个原因,当地的接头人对扬好一番盘问,几乎就把他当成了纳粹。不过当扬的波兰地下抵抗组织成员身份终于被确认,尤其是在得知任务内容之后,他们的态度就发生了一百八十度变化,不但把扬顺利地带入了法国境内,还给了一笔法郎作为巴黎任务的开销。扬还被建议最好换掉他现在的这身衣服:熟练的密探能一眼看出来他有要务在身。于是,扬现在又成了一个再普通不过的波兰难民,背井离乡,想志愿参军为国而战。

任务继续。扬搭车到了巴黎,转到波兰志愿军征兵处所在的贝西耶尔,以志愿兵的身份登录在案,然后就去电话亭给库拉科维斯基打了个电话,后者是流亡政府领袖西科尔斯基的私人秘书。库拉科维斯基要扬前往荣军院附近的波兰使馆,他会在那里等待并且给扬提供更多的帮助。内政大臣斯坦尼斯劳·库特第二天则会在昂热接见扬,那是流亡政府最近搬迁到的所在地。

扬在圣日耳曼大道上订了家旅店。此时是 1940 年 1 月,正处于"静坐战争"阶段,咖啡馆像往常一样挤满了顾客,巴黎的气氛一片祥和。

第二天,扬赶往了昂热,库特在一家餐厅里等着他。库特身形瘦小,一头灰发,讲话审词酌句,是典型的学究。他先详细打听了扬自己还有其他库特认识的地下组织成员的状况,然后才和扬谈起了主题。当扬要把从华沙带来的消息和盘托出时,库特却又打断了他,他希望扬能写一份报告而不是单纯的口述,之后他便给扬安排了书记和打字员。这样扬又折返巴黎,用了六天时间起草他的文案。整篇报告篇幅惊人,里头重现了扬·科尔斯基的旅程所经之地,纳粹铁蹄下的地区,波兰当下的政治活动,苏德占区的犹太人现状,凡此种种。昂热报告实际上就是扬经历的缩写,而且也是第一份关于这场欧洲灾难的证词,报告中对犹太人状况的陈述反映出了纳粹的政策倾向,也正是这一贯的政策最后导致了犹太民族几乎灭顶的灾难。

报告完成后,扬·科尔斯基和西科尔斯基的会面也被提上了议程。西科尔斯基是个高级知识分子,民主主义者,在战前波兰的政府里任职。在波兰被闪电战攻克的今天,他几乎成了最后希望的象征。

瓦迪斯瓦夫·西科尔斯基年龄六十上下,看起来精力旺盛,讲话彬彬有礼,显得非常的出众,他甚至已经在为波兰考虑战后的问题了。按照西科尔斯基的看法,波兰要做的不仅仅是反抗纳粹侵略争取独立,还应为建立真正的民主国家而战。而地下抵抗组织会在其中发挥至关重要的作用:换言之,地下斗争将是波兰通向民主之途。因此,这个波兰流亡政府领袖对于地下抵抗组织的策略和方针十分支持,非常希望能把各个不同的组织加以统合成为一体。

会面结束后,扬换了套身份证件顺着原路返回了波兰。一列途经南斯拉夫的火车把他带到了布达佩斯,从接头人那里扬获得了一整箱带给地下组织的现金,然后上了通向科西策的列车。重新翻越山脉的时候,扬和那个向导再度相遇,可惜的是,暖融融的四月虽然春意荡漾,却消解了山路上的积雪,最后扬不得不徒步完成了旅行。

返回祖国后,扬·科尔斯基在克拉科夫待了一段时间。他注意到地下的"秘密国度"正在被快速地统合组建,而扬本人,也受邀参加了一系列重要的会议,例如说,对于政府代表团成员的选择，还有建立地下抵抗组织议会的问题。

仅仅一个月后，他又开始了前往法国的漫长行程，这次的任务是去告知流亡政府地下议会成立的决定 。也因此，扬必须在所有的地下组织成员前数次宣誓保守秘密。正如他写在书中的："我起誓要传达所有的重要机密、计划、国际事务还有全部四个地下组织的各种观点。"

一言以蔽之，扬现在承担着作为这个秘密国度信使的重任。

1940 年 5 月，扬沿着同样的路线通过了扎科帕内，与已是熟识的向导一同穿越斯洛伐克直到匈牙利。

他携带的微缩胶卷里包含着三十八页的文档，那是波兰地下组织的计划。胶卷还没有被冲洗过，而且，如果情况必要，可以很容易地直接曝光毁去上面的所有内容。陪着他同行的是一个十七岁的少年，他想加入波兰志愿军。

此时欧陆的局势风起云涌，荷兰和比利时已经陷落，纳粹正在进军法国，实际上已经兵临巴黎城下。扬清楚这点，如果法国也沦陷，那么波兰地下组织就会失去和流亡政府之间的联系，而他和身边这个少年也自然无处可去了。

他的向导也非常焦急不安：扬的前辈，弗兰克，应该一周前就抵达这里了，但他却一直没有出现，这不是个好兆头。向导觉得推迟行程才是明智之举，扬则极力反对，因为他的任务事关家国存亡大计，必须分秒必争。但无论如何，恶劣的天气使他们都必须在山间小屋里等待上两天。趁这个机会,向导下到了弗兰克所在的村庄里去四处打听。弗兰克年仅十六的妹妹看起来吓得不轻,她非常担心哥哥被盖世太保给抓走了。返回木屋后,向导决定让少年暂时停留在那里,少年兵不断抗议,不过这次扬也站在了向导这边,认为情况过于危险不可轻举妄动。少年最后也只能作罢,他加入波兰军队的梦想现如今咫尺天涯。

促使扬和向导下定决定冒险继续旅程的是雨天的到来。按照向导所言,这种天气下巡逻队一般不愿意出动。于是他们摸索着靠向斯洛伐克的边境,夜晚踏着泥泞的土地在森林里穿行,白天则在潮湿的洞穴里歇息。这样潜行三天之后,扬伤到了脚,几乎连站都站不直了。但向导却依然拒绝在任何村庄停留,因为他相信盖世太保还在监视着这块区域。所以扬尽管已经精疲力尽,却不得不继续坚持着,直到在某个小村的边缘发现了一条小溪,二人才在不被发现的情况下终于好好梳洗了一番。他们把包裹在树下挖坑埋起来,然后去了村中旅舍,斯洛伐克村民倒是好好招待了他们一番。

旅店主人给他们端上了酒、烤肠、面包还有牛奶,在火炉边上吃着这些,扬·科尔斯基的身体渐渐地暖和,此时唯一的念头是倒头就睡。同时向导朝店里人打听起弗兰克的下落,但店主人却只是支开了话题。酒饱饭足回到房间后,扬把微缩胶卷搁在枕头下面,几乎瞬间就沉入了梦乡。但仅仅数小时后,他就被人用东西砸在脑袋上打醒,同时还听到了哭声。步枪枪托占据了扬迷糊的视野,斯洛伐克警察把他们粗暴地拖下了床,扬尽力维持着神智。在屋子的另一个角落,另外两个警察——两个德国人——正在暗笑。向导正因为被痛殴而在地上打滚,他的嘴角都沾上了血迹。扬突然记起了微缩胶卷,他猛地一把掀开枕头,抓起胶卷就朝窗外的水桶里丢了过去。

警察认为那是颗手雷或者炸弹,他们紧张地后退了几步。但是什么都没有发生,终于一个警察试探着去水桶里捞出了那已经作废的胶卷。另一个则给了扬一巴掌,然后拎着他的领子前后晃,想知道扬把他的背包放在哪里了,他是谁,是否还隐藏了别的东西。但扬只是保持着沉默,然后这几个警察就开始狠狠殴打扬,然后把他和向导丢出旅舍,作为敌军带去了警局。

扬被关押在了普雷绍夫的斯洛伐克监狱。狱房里除了一桶水和一张肮脏的草垫外别无它物,所以他干脆在上面躺了下来。过道里的狱卒也是斯洛伐克人,就在扬怀疑是否会有盖世太保过来把他提审的时候,果不其然,有两人吵吵嚷嚷地走了过来,把他架出了牢房,其中一个还很不屑的朝那草甸啐了一口。然后扬被推进汽车,到了监狱总局。

这是间狭小的审讯室。透过弥漫在空中的烟雾,扬看到对面方桌后坐着的人满头红发,正在审阅什么资料的样子。另有几个穿着德军制服的家伙则贴墙站着,抽着雪茄说说笑笑。扬被他们往后推了一下:"坐下,你个婊子养的。"他跌坐在椅子里,对面的红头发厌恶地看着他,就好像那是一坨屎,接着他把几张纸推了过来。"这是你的身份证件?"他问道。扬不由得有些慌乱,但马上恢复了镇定,一言不发地盯着桌面。在这种时刻,一个最微小的失误或者矛盾都将是致命性的,所以沉默是最好的选择。为了让扬开口,卫兵又给了他几个巴掌。终于,当红头发直接问扬他和地下组织的关系时,扬说话了,回答很简单,他和任何地下组织都没有一丁点关系,他只是利沃夫一个教师的儿子,就像身份证上写的那样。红头发讥讽地笑了起来,一脸横肉:"那么你当一个教师的儿子多久了呢?两个月?还是三个月?"

审问就这么进行着,那些德国士兵看起来兴致高昂,而红头发对于有听众这事也感到很满意。扬意识到,很明显这才是个开始,麻烦还在后头呢。

扬解释起他和他父亲从被苏联占领的家乡流离出来的故事。他本是学生,但突如其来的战争打断了他的学校生涯,所以他想在瑞士继续学业。华沙的一个幼时友人告诉他有办法去到日内瓦,而且还能陪他一起走到科西策,前提是他得拍摄一卷华沙废墟的照片。他当然同意了这点，于是这个幼时的朋友给了他胶卷，一些钱还有边境向导的住址。

扬在讲述这段编造的故事时，红发的审问员闭着眼，向后靠在椅背上，双手背在脑后，然后他慢慢地睁开了双眼，露出了一个嘲弄似的微笑。

他对坐在边上的书记员说话，后者正在奋笔疾书："你把这个感人的故事都记下来了吗，汉斯？我希望你一个字也没听漏，我想好好读一读。"然后他转向别的守卫，"把这个骗子拎回他自己的房间里去。"

回到牢房后，扬瘫倒在那张破席子上。在他被提审的当儿，这儿树起了聚光灯，难以忍受的强光打在狱室的墙壁和地上，什么都看不清。扬之前还快蹦断的肌肉现在整个松懈了下来，连发抖的力气都失去了。只有一点毋庸置疑：德国人一点也不相信他的小故事，不过他至少没画蛇添足弄出什么额外的枝节来，现在要做的，就是去反复回忆他说过的故事，让它们如同回声一样回荡在自己耳中，越真实越好。

清晨时分，他又被带到了去过的那件审讯室。这里的器物有了些变动，比如现在有了两张桌子，大小各一，占据小桌子的是打字员，而一个肥胖的盖世太保则稳坐在那张大桌子后面。此人极胖，微微发绿的脸，绿豆大小的黑眼睛,扁平的嘴巴,松弛的双颊,浑身的器官好像都融化在了一起。剩下的守卫则持着棍子恶狠狠地注视着扬。

这个人的名字是皮克——审讯者皮克。甫一开场他就说,没有任何一个说谎者活着离开过,然后便警告扬必须在第一时间回答问题,不得有任何犹豫,如果不合作的话,那么扬很快就会希望死亡立刻降临,因为那接下来的刑罚更会让他生不如死。

皮克丢出了弗兰克这个名字,说后者已经全盘招供了,从信使所走的途径到最微小的细节。但扬只是抗议:"我不知道你在说什么,我又不是什么信使。"皮克丢了个眼色,扬身后的狱卒立刻狠狠给了他后脑一棍,剧烈的痛楚几乎让扬昏厥,眼前一片天旋地转,呕吐的感觉直往上涌。皮克斜瞥了他一眼,让狱卒把他带到盥洗室去,扬在肮脏的小便池里吐了个干净,然后马上又被拖回了审讯室的椅子上。

拷问继续进行。皮克问扬的背包在哪,为什么他要带着那卷微缩胶卷,还有要把它丢进水桶里毁掉的理由。在逼讯时,扬的一颗牙齿刚被狱卒打落,就又遭到棍子的另一记猛击。被打倒在地的扬趁势伪装昏迷,但是狱卒又把他拎起来搋在墙上一顿猛踢,这一次,扬真的不省人事了。

在自己的牢房里躺了三天,扬在渐渐地恢复过来,因为遍体鳞伤,连进食都成了一件痛苦异常的事。第二天的时候,被支到盥洗室的扬终于有机会将脸上干涸的血迹抹去,而斯洛伐克士兵帮他刮洗的时候,扬发现窗户边上有一把废旧的剃刀,就偷偷拿起了它,放进口袋,后来又搁在了他的破草席下面。

第三天傍晚时分,有人告诉扬下一个要来审问他的是SS①官员,也正是这个原因,所以他才能享受到刮洗和更换囚衣的服务。

这个党卫军成员是来自普鲁士的冯克尔。二十五岁左右,一举一动都带着那种冷酷的优雅。他早些年的时候在奥登斯伯格(Ordensburg)受教,那是纳粹精英的育成机构。他一眼就看出扬受过高等教育,或者按照他的说法,是"上等人",就支开了其他的狱卒,开始彬彬有礼地说话:"如果您生在德国的话,那么今天站在这个位置的可能就是您。"

现在这间布置了红木、皮革还有天鹅绒的审讯室成了冯克尔的私人办公室。他递给扬一杯白兰地还有雪茄烟,对着扬抱怨这里是个"鸟不拉屎的破斯洛伐克农村",然后就纳粹国家社会主义的政策侃侃而谈,接下来则对巴尔杜尔·冯·席拉赫大加赞扬,巴尔杜尔是希特勒青年团的领袖,在冯克尔看来是个很好的人生榜样,在学校的时候,他就是巴尔杜尔最钟爱的学生之一。冯克尔还激动地谈起了

----

① 纳粹党卫军。为德文 Schutz(护卫、防护、亲卫)与德文 Staffel(团队、编群、队伍)的合成词——译者注。

不远将来的"德国式和平",他深信希特勒终有一天会在华盛顿踏上白宫的台阶。接着他进入了主题,说纳粹正试图建立起联系德国和波兰的纽带,而扬可以为这种合作做出巨大的贡献。"如果你爱着你的国家,"这个党卫军说道,"那你就不应该回绝这个建议,而且有责任把这个消息带给你的组织,好让他们有机会与我们进行细致的磋商。"

但扬依然保持着沉默。突然间这个年轻的党卫军脸色大变,恶狠狠的表情扭曲了他的脸,他让陪同着两名盖世太保的狱卒带来了一些照片。是扬丢到水桶里的胶卷里冲洗出的,看来德国人至少救回了一部分资料。党卫军把照片甩到扬面前,扬拿起照片,手难以抑制地颤抖起来。他以为这些胶卷已经被全部毁了,但照片上的字迹依然清晰可闻,而且这份文件甚至没有用过编码加密过。

"你认得这些么?"冯克尔问他。扬回答说这一定有什么误解。他肯定被骗了,因为对于这份文档他一无所知。冯克尔勃然大怒,举起短鞭朝着扬的脸狠狠抽了下去,而那些盖世太保也冲了进来,对着扬一顿拳打脚踢。

当扬这次被拖回到牢房的破草席上时已经奄奄一息了。他的脸肿胀不已,布满血痕,扬能感觉到自己已经不成人形了,而且在拷打中,四颗牙齿被打飞。已经到了极限的身体不可能再承受另一次折磨了,于是他决定结束这一切。扬拿出藏匿的剃刀,在左腕割划,却没有划到动脉,于是他又来了一次,这一回伤口更深,血液像喷泉一样涌了出来。扬换了只手继续割,然后躺倒,伸直臂膀好让自己更快地死去,很快血泊就在他身边形成。只过了几分钟,扬就感觉自己明显变得虚弱,但血也渐渐地不再往外涌了。于是他朝空中使劲挥手——血又一次喷涌而出。扬感到窒息,下意识地用嘴呼吸,他干呕着,然后眼前一片漆黑。

再一次有自己意识的时候,他正躺在普雷绍夫[①]的医院里,清醒后扬想做的第一件事情就是再度自杀,或者想办法逃离。但一个斯洛伐克警卫正站在过道里,就在门外,扬挣扎着坐起来,然后失望地再度昏迷了过去。

等到意识回来已经是第二天了,扬模模糊糊地看到一个护士脸朝下看着他,拿着一管温度计。斯洛伐克语和波兰语很大程度上类似,所以扬能听懂护士在说什么,她正在安慰他:"这里比监狱好过得多,我们会尽量把你留在这里的。"

扬在病床上整整躺了一周,期间甚至连动下胳膊都成了妄想,两块夹板把他的手腕牢牢固定在了原处。"我在普雷绍夫医院里的那几天可真是锻炼了我的心智。"他写道。这种感觉非常的奇怪,尽管不能动弹,但是却能明显地感到力量正在重新回到这副皮囊中,这让扬在休息中感到一阵

---

①　斯洛伐克城市,在科西策附近——译者注。

欣慰。但与此同时，挫折感也在折磨着他的身心，一想到很快就要再落到盖世太保手中，就不由得一阵阵的绝望。

第五天的时候，他问护士有没有什么新报纸。结果在报纸的标题上，他看到了几个又大又黑的粗体字：法国投降！这篇文章讲了法国承认战败，甚至与纳粹言和的消息。"我们曾经把解放波兰的希望放在法军的胜利上，"扬写道，"现在没戏了。"

第七天，两个盖世太保踢开了病房的门，他们想要带走扬·科尔斯基，不过医生打断了他们，还悄悄地对扬耳语："装病，能装多惨有多惨，我去打个电话。"

在两个盖世太保的搀扶下，扬蹒跚地走出医院，走到医院外面的时候打了个趔趄，几乎摔倒在地。被塞进狱车回到监狱后，扬就被拖回了审讯室，不过因为又一次伪装虚弱摔倒，他避过了致命的审问，被丢回了自己的牢房。于是扬趴在席子上，一副命不久矣的样子。几个小时后，监狱的医生赶来给他做测试。这医生是个斯洛伐克人，正是几个小时前医院医生打电话告知情况的同事。监狱医生的诊断结果是扬还需要回到医院治疗，把扬带回来的盖世太保很愤怒，却还是不得不把扬架回了医院。

扬在车上趁机打了个盹，思考着将来。最终的前景似乎依然一片暗淡，他可以再装虚弱骗过盖世太保几次，但最终又能如何呢？逃的了一时逃不了一世。

在第二次入院期间,有个姑娘来探望他。这是个德国姑娘,还带着一大束花,说希望扬·科尔斯基能够原谅德国人民。这是另一个陷阱吗?扬之前从没见过她。但是守卫抓住了她,还把花束扯得粉碎,想从中找出夹带的讯息,一无所获之后干脆把她赶出了房间。接着另一个盖世太保走进了扬的病房,警告他想利用花束来传递密讯是愚蠢的举措。但经过这个事件,扬意识到自己的位置已经被许多人知道了,他的朋友和战友们可能会设法营救。

一周后,扬·科尔斯基又一次被带进了车子,这次车行的时间超乎想象,一个又一个的村子从车窗中掠过,而扬所能想到的,就只有再实施自杀好免受痛苦这唯一的念头。但突然,他发现了自己身在何处:这里居然是波兰南部。车开到了以前执行过几个任务的小镇。扬简直无法相信自己的双眼,因为这里有很多波兰地下组织的线人。接着,车停在了当地医院的门口。因为绷带私下里已经在血里泡过,看起来伤得很重,所以扬被安排在了三楼的重症病床上。接下来又会有什么样的酷刑等着自己呢?纳粹把他安排到这里是为了诱出他的同伴吗?他问自己,但无论如何,对于被安排到了这里,扬还是感到难以置信。

在盖世太保的盯梢下,一个医生走进了扬的房间。这个波兰人在给扬体检时偷偷地耳语:"要把你的消息告诉别人吗?"这是个陷阱么?扬很怀疑。虽说医生向他保证,整个医院所有的员工都是波兰人，可以保证当中没有一个叛徒。此时有护士走了进来，取走了扬的温度计，扬注意到她篡改了读数，这样在结论里扬就是个高烧的病危人士了。而医生也对盖世太保宣称扬现在正生命垂危。当纳粹士兵的注意力被转移时，医生又对扬耳语，要他装出一副不久于人世的样子，要求叫来牧师为他做临终弥撒。于是扬就开始痛苦地扭曲和呻吟，剧烈地痉挛，说自己即将死去，想要最后的忏悔。在纳粹守卫的注视下，医护人员推来了一部轮椅，把扬带到了小教堂中，在那里，一个牧师满怀兴趣地听了扬的忏悔。扬继续装出一副已经半死的样子，获得了每日来忏悔的许可。在扬祷告时，另有个护士在边上陪伴着他。扬冒险请她去镇子上给叫丝蒂菲的人传话："告诉她这是维托德派你来的。"（维托德是扬在地下组织所使用的化名）第二天，那个护士便告诉扬附近地区修道院的一个修女要来拜访她。扬意识到这是一个密讯，他的同伴们应该已经有了一个拯救他的计划。

又过了三天，"修女"来了。扬立刻认出，这个"修女"曾经和他一起蹲过班房。她悄悄地对扬说，组织已经了解了发生的一切，而扬现在所要做的就是等待时日。扬问起有没有她哥哥的消息。"我们再没有听说过他。"她说道，眼泪在眼眶里打转。

扬解释说盖世太保将他拉来这里就是为了诱出同伴，

而他也无法再承受刑罚了,需要一剂毒药解脱自己。

"修女"再次回来是在五天后。"上头现在了解你的情况了,而且还授予了你勇者十字奖章。"她偷偷塞给扬一片氰化物药丸。

不过扬没找到机会吞下这致命的毒药。回到医院后,医生告诉扬他当晚即可出逃,卫兵什么的不用担心,他们已经收下了贿赂。而子夜时分,医生会到病房点起一根雪茄,这是出逃的信号,扬需要下到二楼,看到摆放着玫瑰的窗台后,从那里跳出,有人会在下头接应。

午夜时分,扬溜下了床,随手带上了氰化物药丸,如果碰上什么威胁好随时吞下。他几乎是赤条条地走下了楼梯,看到有扇窗子在二楼开着,下面放了束花,花瓣在"呜呜"的风声中颤动着。扬爬上窗台,漆黑中什么也看不清,但是下面有压低的声音传来:"快,在这里多待一分钟都危险!"于是他便跳了下去。在摔落到地面之前,几双手有力地接住了他。接着有人递给了他裤子和衬衫,等他草草穿戴完毕后,这些人又拉着他跑到了医院墙边的栏杆处,扬这才注意到他们也赤着脚。帮扬翻过栅栏后,他们又直直地冲过一片田地。因为身体毕竟没有复原,扬摔跤跌倒在地上,其中一个人就让扬搭住他的肩膀走进了附近的林地。黑暗之中唯一的光源是一条小河闪烁的微光,同时河岸附近传来了鸣笛声,两个武装人员从灌木丛中走了出来,和扬一行人交谈了只言片语,然后就又散了开去。扬他们几个人沿着河岸走了慢慢走了很久,直到另一个人出现在他们眼前,那是扬的童年好友斯塔司吉克·洛萨,一个年轻的社会活动家。

他们一同踏上了被隐藏在芦苇丛中的独木舟,划离了河岸。对一条独木舟而言,五个人实在是超载过度,难以驾驭,船只摇晃着,倒霉的扬落入了水中。尽管被从冰冷的水中拉了上来,他还是止不住地浑身打颤。终于独木舟抵达了对岸,洛萨把船系在了一片金雀花丛中。然后花几个小时穿越森林,直到一个小村庄出现在视野里,一行人在那里打开了农场仓库,让扬住了进去。

扬·科尔斯基想要感谢洛萨,但洛萨只是做了个鬼脸。"如果我们没救出你来,"他说,"我们就得干掉你让你少受点苦,不过你在这里,真是谢天谢地,另外,你要感谢的是那几个波兰哥们,"他加了一句,"是他们救了你。"

扬在谷仓中度过了三天光阴。这几天中,饮食困难,病理性的痉挛还有失眠困扰着他。新的消息不断传来,说盖世太保正在四处找他,道路被监视,过往车辆也是要通过检查后才能放行。线人带信给扬说不几日他会被带到位于深山中的一处房子去,他要在那里待上四个月。实际上,为了预防出现内奸和叛徒,所有和扬一样经历的、从德国人手上逃出来的地下组织成员都必须被隔离一段时间,这是规则。

　　扬是在清晨时分离开谷仓的,一辆旧卡车接走了他。为了隐藏行迹,他把自己龟缩到一个桶里,再往上覆盖了大叠的麦秆。桶里的空间当然不会很宽裕,扬不得不双手环住小腿,下巴也搁在膝盖上。所以当中午时分车子停下,终于跳出拘束之时,他的感觉就像重获新生。卡车停在一片林地里,这里空气清新,四周的一切看上去都很柔和,自然而充满生机。

　　一个姑娘微笑着在车边等着他。扬注意到她"苗条,线条柔和,皮肤细嫩,优美的感觉自然的流露而出",这是个很吸引人的姑娘。她自我介绍说她叫达诺塔·莎娃,是沃伦塔尼娅·莎娃的女儿。"我们就住在边上。"她说。

　　于是扬·科尔斯基又获得了一个新的身份,为地下组织工作的时候,不同的伪造身份的设定会做成一个个卷宗,并被好听地叫做"传说"。而上头也安排达诺塔给扬一个新的"传说",她笑着对扬说,几乎是偷着乐的那种:从现在起,扬成了他的外甥——刚从克拉科夫来这里的外甥,就是那种闲人和废物类型的家里蹲,还从来没有什么社会实践。这个外甥前段时间病倒了,在医生去乡下放松的建议下才到了这里,由于在学校里的课程是农学,所以也能帮着在白天照顾一下花园。

　　扬也被逗乐了,笑着抗议自己对园艺一无所知。于是达诺塔继续补充说明,扬被设定为一个懒汉,这样就可以无所事事地消磨时光了。

安顿下来后,扬就开始探索这个地方,这里的中心是一所巨大的庄园,别墅在和煦的阳光下闪着光,就好象是从什么小说里冒出来的那样,结实又华美。外面则是一个巨大的花园,山毛榉林和农场散布其间。站在和风中,扬觉得地下抵抗组织,盖世太保,还有他的逃亡……一切都变得如此遥远。

三周的时间中,扬一直在静养恢复。许多时间被耗在了睡眠和闲晃中。为了符合他所扮演的身份,扬一次又一次地在这块区域走动,观察和采集植物标本,关于这些植物学的内容他倒是用心地记了。每天所做的事情无非就是装鞍驾马,四处溜达。有天晚上,扬看到达诺塔和一个男人一起在花园里漫步,那是她的哥哥路吉安,他也是个地下组织成员,和他的妹妹只能通过这种隐秘的方式相见。

尽管生活安宁,但扬内心却有什么东西澎湃不安,他想要再次为地下抵抗组织工作,于是他去找了路吉安,后者在把这事告知高层后,扬便获得了撰写宣传文案的工作,并且从此把全身心都投入到了文字中。他号召波兰人民坚强起来对抗苏德入侵者。扬所撰写的不但包括宣传手册、声明布告,甚至还有一些期刊。但路吉安的突然被捕逼得他立刻离开了这座不再安宁的庄园。而从此以后,他也再也未能和达诺塔见上一面。

　　扬返回了克拉科夫,在其后的 1941 年 1 月至 9 月的数月之间,他为地下抵抗组织贡献着自己的外语知识。扬每天的工作就是收听各种各样的广播,然后写下相关报告再提交给领导人。在此期间,许多地下情报网被纳粹捣毁,也有很多重要人士落入敌人手中,但同样是在这段时间内,波兰地下抵抗组织成功地重组并且发展到了更大的规模。整个系统正如当初各个地下党派还有西科尔斯基将军所共同设计的那样蓬勃壮大,越来越像真正的政府,有了自己的行政部门、军队卫国者、议会,甚至还有专门对叛徒还有纳粹合作者进行追捕与审判的司法机关。不过也正是因为这个原因,各种传达的指令变得非常复杂,有时候甚至不知所云,就算对内部成员来说也是如此——这是种保护策略,如果组织成员被盖世太保逮捕,那么纳粹从他们口中也套不出什么核心的信息,最多只能了解到被捕人员所在小组的领导人姓名而已,这样能够最大程度地保证组织核心的安全。

　　在他的书中,扬·科尔斯基对这个方面发出过不少叹息,因为组成形式的问题,波兰的抵抗运动并不为世界所知。在一些事例中,扬记录下了这不公的苦果:当波兰被苏德瓜分时,盟军没有做出反应,而当他们开始行动时,那都是 5 年后的事了,当时发生了华沙起义①,盟军也只是留下了波兰人民让他们任人宰割。扬在书中提醒说,在民主方面,世界其他国家很难从波兰的教训中获得经验:波兰政府从未充当过纳粹侵略者的傀儡或者与他们进行过合作,而在其他的国家这是很常见的事情。虽然这一点是被很委婉地提出的,而且也仅仅只有寥寥数语,却也反映出了在扬和其他不少波兰人眼中,不妥协不能说是错,但也让波兰与世界的其他政治格局脱离了干系,乃至被欧洲抛弃,被历史屏蔽,被世界所忘记,一如过往。

4 月左右,扬收到了要求更换住址的命令,因为和他住同一栋居民楼的女人被捕了。扬对这个女人并不了解,但是组织上安排他离开此地。在搬家几天之后,扬就听说了两个盖世太保去他原住址进行搜捕的事情。作为对策,扬开始同时在几个地方住宿,与此同时依然坚持收听广播,为了避人耳目,他甚至在一家书店当起了助手。在一户老太太家中,扬放置了自己的收音机,在另一处与人合住的地方,他还有了个叫做塔德乌什·科里克的舍友,那是个聪明又帅气的家伙,扬早在高校时代就认识他。两人都没有向对方透露自己当下的身份,也没有打听对方现在在做什么,

---

① 1944 年 8 月 1 日,华沙人民为抵抗纳粹而起义,但未能得到盟军支援,起义 63 天后失败,造成 25 万平民死亡——译者注。

不过,正如扬所言,如果你自己在从事地下工作,那么对于其他的地下工作者,也能一眼就分辨出来。后来,科里克于卢布林附近被捕,当时他正和三个同伴试图让从苏联方向驶来的列车脱轨,而这列火车上满是用来镇压波兰人民的武器。科里克是一个独立小分队的领导人,他和他的同伴在卢布林的广场上被施以绞刑示众,他们的尸首在风中整整晃荡了两天才被解下来得以安葬。

就在科里克被捕后,盖世太保开始寻找他的同谋,扬在得到警报时,盖世太保已经和他仅仅只有三门之隔。扬忙不迭地跳窗逃亡,当然屋里其他的东西自然一件也没能带走。

那真是一段困难的时期,扬的经济也不单是拮据能够形容的了,又弄不到新的身份证件以便找工作,最后他不得不求助于薇罗尼卡·拉斯科娃,一个四十岁左右、风韵犹存的妇人,她的丈夫曾经是外交官,现在则加入了海外的波兰军团。她在大客厅里设的宴吸引了许多人前去,而不少地下组织成员也利用这缤纷杂乱的地点进行交头。他们中有杰纳,当地联系网的领头人,就是他设计了扬的出逃,还有卡拉,地方军队的司令。因为在军队出版部门工作的原因,扬和他们有过大量的接触。

正如扬·科尔斯基所指出的那样,即使在今天,依然有许多人认为地下工作充满了神秘色彩,大多数地下组织成员的生活都与世隔绝。而事实上，抵抗工作的持续也仰赖于信息战，这需要大量的文案工作，换言之，包括整理成员的宗卷在内，有数之不尽的文字工作要处理，而这些工作的结论需要被提交给地下抵抗组织领导层，再转达给政府——因为法国的沦陷，现在流亡政府已经搬迁到了伦敦。

大约在复活节的时候，纳粹开始了大规模的搜捕，地下组织的各种设备也多有损失。那天杰纳突然神色慌张地跑到薇罗尼卡·拉斯科娃的居所。他和卡拉相约见面，但友人却未能出现，于是他决定去卡拉家找找看。几乎所有人都反对他的决定，但是他心意已决。"杰纳再也没能回来。"扬写道。

他和薇罗尼卡将各自的财物打包，急匆匆地离开了那里。克拉科夫再没什么安全的地方了，而他们又不想去牵连自己的朋友，于是就在城里漫无目的地逛了几个小时，最后才决定将包裹放到火车站寄存，他们自己则去了一家被开作妓院的旅店躲藏（盖世太保不会上这里来找他们）。

数日后，扬重新联系上了组织，也知晓了发生的事。因为一个联络人在纳粹的酷刑下供出了部分秘密集会所的地点，所以纳粹就立即开始对包括扬在内的这些地点的来往者进行监视，但没有逮捕任何人。直到他们发现了卡拉的居所，将其在家中逮捕，然后纳粹就在那里蹲点设陷阱，等着和他约见的其他人，来一个抓一个。共计四人这样落入了盖世太保手中,其中就有杰纳。

组织想尽一切方法想救出卡拉和杰纳,但盖世太保也清楚他们手中的是几个大牌,因此一直盯地非常紧。卡拉在失去讯息很久之后才通过别人带来一句话:他再也无法忍受更多折磨了,只求一死。组织领导层最后决定带给他一枚氰化物药丸,还有一条消息:"你被授予了战争英勇军功章,而这里是毒药,记得在天上等我们,兄弟。"

次日,卡拉被埋在了监狱的墓场里,而杰纳,当人们数月之后终于再次听到他的消息时,他已经被送往了奥斯威辛。

在上头的命令下,克拉科夫的组织开始完全的重组。住所、会所还有藏匿点全都被彻底更换。薇罗尼卡·拉斯科娃回到了她的住所,扬则前往华沙,充当起了地下组织和流亡政府之间的接头人。

在首都,扬时常去见他的表哥马利安,战前,马利安是警察局局长,1940 年的时候也被投进了奥斯威辛集中营,不过设法逃了出来,现在则在地下组织中做重要工作。他告诉扬他被关押在"全欧洲最黑暗的集中营,其中的恐怖程度远超想象"。

在华沙驻留的时日里,扬有时会接到命令,去外地办事,比如说去卢布林这样的城市传达一些讯息。尽管有纳粹检查,但搭乘火车依然是最方便快捷的方式,在携带公告期刊和其他的地下刊物时,在面对检查方面已经炉火纯青的扬不会试图把它们统统藏起来携带,而是大大方方地折叠起来夹在腋下,没人会怀疑那不是报纸。

正是因为这份工作,扬结识了许多地方组织的领导人,他们的不同要求,还有与其他组织相关的决定都通过扬来进行传达。可以说,扬处在了一个战略性的位置上,不停的奔走使他对地下抵抗组织的结构了若指掌,也比他人更深刻地了解波兰所处的国际环境。

和当时居住在华沙的其他人一样,扬见证了纳粹的暴行,德国的镇压使得波兰人民不聊生。学校被关闭,授课遭禁止。而新出台的条例则让人民全都生活在温饱线以下。甚至新生儿也在被系统的、有条不紊地送离波兰("他们中没人能理解正发生在他们身上的事。"扬委婉地写道)①。

1942年夏,扬接到新任务,要去伦敦给流亡政府送信。从一个维希政府(纳粹统治期间法国傀儡政府)派遣到德国工作的员工手里,扬弄到了新的身份证件。作为政府合作项目的一部分,这些员工可以去德国工作,而且每三个月中都有两周可以放假回法国见家人。他们中的一个把自己的身份证件高价卖给了扬,后者可以在一段时间内自由使用。

----

①　意指纳粹将波兰新生儿带到德国使他们日耳曼化的措施——译者注。

双方开出的条件很简单：该名员工要去找个舒心的乡村租
上房子好好休息上两周（实际上他的目的地就在卢布林附
近），这之后，他就要去挂失，说这些证件是在火车上遗
失的。

临行前数日，扬收到消息说要他去行政委员会一
趟——换言之，就是地下组织的议会。见面地点的房间位
置深邃，抵达那里要通过迷宫似的道路，而这过道的起点甚
至是在一间教堂的地下室里。

"我进去的时候，"扬写道，"就看到了一群围着桌子的
人，而就是他们决定着波兰的未来。"他们中有波兰流亡政
府的代表，有卫国者的将军，有地下议会代表团的团长，还
有其他主要政党派来的代理人。而他们都一致热烈地欢迎
扬。格罗特将军甚至打趣他："你小子这次真的准备好了？
上次你送信的时候我们可是花了老大的时间才把你从盖世
太保手上撬出来的。"

全体成员到齐之后，主持人召开了会议，他提醒他的同
僚们这次会议——也是第三十二次会议的主题是让信使维
托德将部分文件资料转交给位于伦敦的流亡政府以及对波
兰事务以及抵抗运动感兴趣的其他政府和党派。扬·科尔
斯基还需要和盟军进行接触。

这份由扬带往西方的"文件"实际上是一把剃须刀，刀
柄内含的微缩胶卷里包含了数千页的文档。而这次会议的

几分钟片段,也被记录下归纳到了一起,这将会成为扬·科尔斯基伦敦报告的基础。在会议结束后,一份密电被发给了英格兰,还有在法国的地下组织:"科尔斯基即将出发,他的行程路线将包括德国、比利时、法国和西班牙。其间会在法国和西班牙各逗留两周时间。把这个消息告诉所有法国的地下工作者,还有所有在西班牙的盟军密使。收到密码:'来找索菲亚姑妈'就意味着科尔斯基到了。"

　　时间转眼到了 8 月底。在扬出发前,他被上头安排和两个犹太地下组织领导人会面。其中一个是犹太复国主义者,另一个则是个犹太公会的领袖。

　　会面地点在一间小破屋中。那两人不顾政治上的不同来见扬,只因为他们想让扬知道,并想通过扬传达给波兰政府和盟国政府的,源于他们对整个犹太民族未来的恐惧和担忧。

　　"那场破屋会面里我所了解的情况,"他写道,"还有后来我亲眼见证的一切,让我毛骨悚然,无法用语言描述。"扬写道,在他看来,翻阅整个历史也找不出他所见的那种惨剧。

　　那两人虽然住在犹太聚居区之外,不过因为方便快捷的秘道,能很轻易地进出聚居区,扬注意到那个公会领袖举手投足之间很有一种"波兰贵族的风范"。他大概六十岁上下,有明亮的眼睛和浓密的胡须。而那个复国主义者要年轻一些:这个四十岁左右的人看起来非常神经质,一副难以自控即将崩溃的样子。

扬立刻明白过来,这次会面是由于他们的处境实在太过极端而被迫采取的措施。"你们其他的波兰人算是好运的。"那个复国主义领袖说道,"你们会从这泪水、苦痛、暴怒和屈辱的海洋中爬出去,你们的国家会再度重建,但是波兰的犹太人,波兰的犹太人将不复存在。"

那个复国主义领袖认为其他波兰人是幸运的:虽然他们承受着巨大的苦痛,深陷在国土沦丧的悲剧之中,但国民依旧存在,总有一天城市会被重建,而波兰这个国家也会重现。波兰终有一天能和盟军一起享受胜利的果实,但不会有犹太人的份了。"犹太民族要被灭绝了。"

扬·科尔斯基坐在一张脚靠砖头垫起来的破椅子上,而那两人则在屋里不住地踱步。跳动的烛光使他们来回移动的影子像脱离了本体似的,跳着妖冶怪异的舞。

扬呆坐在椅子里,他被所听到的内容弄懵了。

复国主义者领袖终于垮了,他开始啜泣:这种时候还能说什么呢?这样的苦难根本无法理解;甚至他本人面对所见之事时大脑也是一片空白。

他们需要扬·科尔斯基的帮助。扬要去伦敦送一份报告,他们希望扬告诉盟军犹太人面临的命运。

　　"我们希望你去告诉波兰和盟军政府。"公会领袖说道，"我们在德军的暴行面前孤立无援。我们无法自保，而波兰也深陷纳粹控制。波兰地下组织可以拯救一部分人，但还有更多的人正在死去。纳粹没想过像奴役其他种族一样奴役我们，而是正在系统地对我们加以灭绝。"

　　"这是其他人所不理解的，"那个复国主义者领袖加了一句，"很难对他人解释清楚。"

　　扬·科尔斯基写道："这是我带给这个世界的最沉重的消息。"

　　那两人已经给扬准备好了一份详细的报告，但扬还需要获得更准确的信息。他问起有多少聚居区的犹太人已经死去了。"应该非常接近德军流放命令上的数字。"复国主义者领袖回答说。扬很惊讶，这个意思是说并不存在流放，而是全被杀死了？"是的，所有人，每一个。"公会领袖回答。

　　他补充说纳粹依然在对外做着虚假宣传，而且毫无疑问还会继续维持下去。犹太人依然会在不知情的情况下继续从聚居区被火车带往死亡集中营。

　　这进行集中处理的命令是在七月下达的，那仅仅是在两个月前。当时纳粹要求平均每天有五千犹太人离开聚居区，去华沙外围参与纳粹提供的工作。而这个人数的要求每天都在提高，当达到每天一万人的时候，西泽尼科（Czerniakow），犹太聚居区的领袖，选择了吞药自尽。

"一个地区,两个半月,三十万人,他们都被杀了。"扬写道。

那两人建议扬·科尔斯基和他们一起去聚居区看看。"事实胜于雄辩。"扬被警告说,如果他决意参加此行,那么,不但生命可能受到威胁,而更加不可避免的是心灵上的创伤。

扬同意了。很快他便迎来了第二次见面,地点还是那个破屋中。在为聚居区之行做准备时,扬重新审视了一遍他要传达的消息,他问两个犹太领袖,如果在伦敦有人提起"我们该怎么帮助",他应该如何作答。

复国主义领袖说盟军应该在德国的城市空投传单,写清犹太民族在纳粹暴行下即将迎来的毁灭。盟军应该警告德国全境的人民,如果这种恶行不立即停止,那么相同的命运会报复性地落在他们的头上。

公会领袖则很清楚这样的计划恐怕难以写入盟军的战略决策之中。但在把战争当作兵力和战术单纯的推演的情况下,犹太人既无法自救,也无法得到他国的相助,只能走向灭亡。他们必须说服盟军发布正式声明,即如果纳粹继续这样的恶行,会遭致毁灭性的报复,德国全境将被彻底焦土化。

扬·科尔斯基承诺他会尽自己最大的努力让人们明白这一切。

　　"这样的事历史上前所未有，"复国主义者领袖说，"也只能被前所未有的手段加以遏制。让盟军政府……立刻开始公开处决被捕的德国人，任何他们能抓到的都可以。"

　　扬抗议着：这样的要求太过骇人，谁都不会接受。

　　其实那两人又何尝不知道，但向盟军提出这样的要求依然是有必要的。通过这样的呼吁，世界至少会明白发生在犹太人身上的是什么，世界至少会明白犹太人是多么的孤立无援。盟军在将来终究会获胜，没错，这甚至就在两年之内，但对犹太人而言于事无补，因为等到那时，犹太种族已经不存在了。华盛顿民主政府怎么能坐视人们就这么死去呢？为什么他们不组织大规模援救行动呢？为什么他们不支付赎金给纳粹呢？为什么波兰犹太人的性命得不到解救呢？

　　那两人的神色看起来都焦虑极了，继而濒临失控。扬问起是不是该给英美的犹太人领袖出什么计划或者建议的时候，公会领袖只是紧紧地双手抱胸，他如此用力，简直想要把自己的胳膊扯下来似的。

　　他几乎是对扬·科尔斯基哭吼着说，再没有什么政治或者外交解决手段了："告诉他们，世人的道德底线会受到震撼，我们必须唤醒整个世界！"在他看来，盟军必须采取史无前例的手段进行反击，因为单纯军事上的胜利不会使纳粹终止他们的种族灭绝进程。而不列颠和美国的犹太领袖则需要尽可能多地接触有社会影响力的人物和机构以调动起人们的积极性,然后开展拯救犹太人的行动,为了赢得那些人和机构的同意,犹太领袖必须尽其所能。绝食抗议是最简单的方法,如果必要,甚至要做好在全世界镜头前自杀的准备。"这会动摇世界道德的根基。"公会领袖说道。

扬·科尔斯基觉得自己没法再听下去了,他冷汗涔涔,想要站起来自己走一走。

但他们还有一件事要告诉扬:华沙犹太人聚居区的人决定对德国政府宣战。"这是史上最绝望的宣战布告。"他们说。毫无疑问,具有绝对军事优势的纳粹会立刻在聚居区发动大屠杀,而犹太人甚至毫无反击之力。当下,他们已经开始联系卫国者,并且正在准备聚居区的防御工事。但这些犹太人没幻想过自己能够胜利,只是希望自己的抗争能被全世界知道,他们想让这份绝望所代表的含义能被人们所理解。"就像是对世界抗议和谴责。"他们说。

两天后,扬去了犹太聚居区,他的向导就是那个公会领袖,同行的还有第三个人,扬只是简单地称呼他为"另一个犹太地下组织成员"。聚居区的街道残破不堪,建筑大多只剩残垣断壁,被高耸的砖墙和铁丝网围成了一所实质上的监狱。扬·科尔斯基和他的两个同伴穿过地下组织所使用的"秘密通道"进入了聚居区:通道的入口在穆拉诺维斯基大道的一所房子里,它的前门开在聚居区外面,而地下室则通向聚居区内部。"这栋建筑,"扬写道,"用现在的话说,就是一条分隔了生与死两个世界的冥河。"

扬的书写成于 1944 年。正如那两个犹太人领袖告诉他的,此前一年,华沙犹太人聚居区已经发生了暴动。也因此,扬能够无所顾忌地说出街道、房屋还有地下室这些名词而不用担心有人因此深陷危险。

扬在聚居区里所见的男女依然还活着,但正如他所写,"在他们痉挛着的身体里看不出人类的影子"。一个活着的人却不能再被称为人类,这是什么样的概念?扬在这趟旅程中碰到了这个问题,而这个问题也成为始终困扰着他的无法越过的心坎。他这么写道:"在我们择路而行穿过烂泥地和垃圾场时,那些不能再被称为人类的男女的阴影始终在我们身边环绕。"

无论走到哪里,都有饥饿的、呻吟的儿童,恶臭的半腐烂尸体,还有饥渴的眼神。一群男人在警察的看管下排成队列向前迈着僵尸般的步伐。一个老人倚着破墙,身体不住地颤抖。

有小孩在公园里玩耍。"他们在玩耍,而后会死去。"向导说,不带任何语气。但扬说他们并没有在游戏,只是看起来像是玩耍一般。

街道上四处是裸露的尸体。怎么会这样,扬问道。然后向导解释，幸存的人们把衣物从身上扒下来，然后再把尸体拉到大街上丢掉。安葬尸体需要额外向纳粹缴纳一笔费用，而这里没人能支付得起。但至少人们还可以再利用下死者的衣物。"这里每片破布都被人攒起来了。"

突然间，他的两个同伴抓住了他的手，带他飞奔向一幢房子。扬当时很害怕，他想他大概被人认出身份了。"快，快，你必须要看看这个，你要把这些事情公诸于世！"

还没登上门口的台阶，枪声就从背后传来。幸运的是，门很快被敲开了，他们接着开始寻找合适的观察点，进入了朝着街道的房间后，扬被推到了窗边。"现在你将看到的，就是狩猎。"

扬·科尔斯基看到街道中央有两个穿着希特勒青年团制服的人，棕色的头发在阳光下看起来格外明亮。他们有着饱满的面孔，红润的脸颊。那两人愉快地交谈着什么，突然间，看起来比较年轻的那个青年团团员解下了左轮手枪。"他在寻找猎物，"扬写道，"像是嘉年华会上的小男生，欢快而又漫无目的地找着娱乐项目。"那个男孩把目光转向了扬看不见的一边，然后抬手，瞄准，接着是枪响，伴着玻璃的碎裂声和一个男人的惨叫。那个男孩看上去高兴极了，而另一个则在表扬他的所作所为，然后他们继续前进，离开了那里。

扬几乎瘫倒了，不能自己。按照他的说法，"他的脸被

粘在了窗户上"，他觉得如果要动起来的话，下个挨枪子的
就是自己。解救了他的是这里的房客，一个犹太妇女，这个
女人把他拉开并且安慰了他。"回去吧，"她说，"走得远远
的，别再折磨你自己了。"

扬的两个同伴坐在屋子另一边的床上，不知所措，把头
深深地埋进了自己的臂膀。扬要他们带他离开，他腿软得
再也站不住了，他必须离开。

一走出屋子，扬几乎就不由自主地奔跑了起来，直到他
们离开聚居区，这种感觉才过去。回去的路上，三人一言
未发。

两天后，扬又来了一趟，对这一次的行程，扬只用了一
句话进行描述："在两个同伴的陪同下，我又花了三个小时
在这炼狱走了一遭，印证了之前的感受。"

扬在书中按照时间进行的叙事突然被打乱了。他突然
附加了这么几行，甚至都没有另起一段，他说到了他对"英
美政府，还有那里的犹太领袖"的印象。他写道："我告诉了
他们我在聚居区所看到的事情。"在另一个段落里，他则记
下了把此事告诉了一些作家的事——包括 H. G. 威尔斯①

---

① 赫伯特·乔治·威尔斯，历史学家和科幻作家，代表作《时间机
器》(*The Time Machine*)，《世界大战》(*The War of Worlds*)——译者注。

和阿瑟·库斯勒①——"因为通过他们的笔触,这个惨剧能得以更好地被描述。"

接着很突兀的,笔锋又转到了他在伦敦所参与的那些面谈。他记下了与什穆埃尔·泽格波姆的会谈,后者是波兰流亡政府国家议会的公会代表。

什穆埃尔·泽格波姆(Szmul Zygielbojm)是那种为了民族事业可以放弃一切的人物中的典型代表。他早就试图警告世界犹太人正在走向灭绝的事实。当通过收听广播与阅读新闻,他发现了在海乌诺姆有成百上千的犹太人在卡车中被瓦斯毒杀时,就开始呼吁世界关注犹太人现状了。

他们的见面被安排在 1942 年 10 月 2 日,斯特拉斯屋中,这里距离皮卡迪利很近,边上就是波兰内务部。此时距离扬抵达伦敦已经过去了五周,而这段时间以来因为一直忙于对话,面谈还有采访,扬已经精疲力尽了。

什穆埃尔年龄四十上下,眼神锐利,而他形销骨立的身体在做动作时也让人对他的印象变得更加深刻。

"你想知道些什么?"扬问他,语调甚至有些粗鲁。

什穆埃尔答话了,带着一种绝望的平静,他说他想知道关于犹太人的一切。他说自己也是个犹太人,所以要扬·

---

① 匈牙利裔英国作家,代表作是起诉大清洗和斯大林主义的政治小说《中午的黑暗》(*Darkness at Noon*)——译者注。

科尔斯基把一切关于犹太人的信息全部透露给他。

　　扬如实讲述了和两个犹太领袖在破屋里的会面,以及两次进入聚居区调查的事。什穆埃尔听得非常认真,眼睛圆睁着。他问到了几乎所有的细节,他想知道那个把扬从窗边拉开的妇女所说的每一个词,想知道那所房子的颜色和形状,想知道大街上的儿童和尸体的数量。

　　这次交流结束的时候,什穆埃尔看起来无比虚脱。“他的眼睛,”扬注意到,“几乎要从眼窝里掉出来了。”什穆埃尔保证,为了扬所说的,他会尽他一切所能。

　　数月后的 1943 年 5 月 13 日,扬听到了关于他的消息。什穆埃尔·泽格波姆,波兰流亡政府全国理事会的公会代表之一,自杀了。在一张短笺上,他说已经尽了最大努力去帮助波兰的犹太人,但最终依然失败,甚至他的兄弟也死在了波兰,而剩下唯一能做的,就只有去另一个世界与故人相见。他死于煤气自杀。

　　让我们回到正常的时间线上。在扬结束第二趟聚居区之行的几天后,那个为扬充当过向导的公会领袖又建议扬去看一看“一个犹太人死亡集中营”。这是全书中最富有争议性的一段;有些人甚至认为扬根本未能见到他所描述的事。

　　这个集中营位于贝乌热茨,一个华沙以东百里的小镇。

扬·科尔斯基并没有提供更多的相关信息,不过这个地点已经被确认为伊兹比察·卢布林集中营(Izbica Lubelska)。

　　纳粹在这里雇佣了许多外国人作为狱卒,包括爱沙尼亚人、立陶宛人还有乌克兰人,为了钱,这些雇员常常和犹太组织保持联系。其中有个乌克兰警卫便在他离开的一天时间里把证件和制服租借给了扬。在成行前,扬被警告说,集中营里的混乱与腐烂是他从来没听说过的。而出于安全考虑,另有一个乌克兰雇员会陪同着他一起前去。在前往集中营的路上,这个乌克兰人谈起被德军把守着的集中营的大门,但他们从来不核查乌克兰警卫的证件,只是简单地致意后便会轻松放行。

　　整个营地被建立在一大块平地上,和其他地方一样,被重重的铁丝网所包围。可以看到大量的持枪守卫在里面来回巡视。而集中营外边,也有一组接着一组的巡逻队,相互之间保持着五十码左右的距离。扬隔得老远就听到了哭声,枪声,还闻到一股扑鼻而来的恶臭。建筑之间的空地上"满是嘈杂的、拥挤的、蠕动的肢体",还有"永远失智的人,抽搐的动作",扬写道。在正门左侧,有条铁轨,但不如说那是高架过道。扬看到那里停着一辆破旧的货运列车,大概三十节左右。"他们就用这车把犹太人装进去。"乌克兰警卫在一边解释,"你马上就看到了。"

　　他们通过了大门,两个德国警卫果然没有提出质疑,只是微微一摆手便放行了。

"我没有办法形容那份混乱、污秽还有丑陋。"扬写道。他看到有个老人就这么赤裸着站在空地上哆嗦,而他边上则是一个在破布堆中打滚的儿童,小小的眼睛恐惧地注视着四周,他的身体也不住地痉挛。因为已经人满为患的营房无法收纳更多的人,所以扬看到的这些人就只能蹲在冷风中。数以千计的男人女人拥成一团,一起在那里尖叫、颤抖,彼此之间相互撕扯。这些人不但深陷恐惧之中,还因饥饿、断水而精疲力竭,正在不可避免地走向死亡。他们中的大多数已经失去自控能力,举止和疯子一般无二。"在这个阶段,这些人,"扬写道,"已经彻底地失去了人性。"

乌克兰警卫解释说所有这些人都来自聚居区。在他们刚刚抵达集中营的头四天里,纳粹不会提供一丁点的食物和水,就算这些难民夹带了部分财物或者食品,也早在火车上便被纳粹洗劫一空了。

为了到有更好视野的观察点,这个警卫要带扬穿过整个空地,这样的话,他们就不得不从那层层叠叠的人群中穿行而过。反胃的感觉攫住了扬的身体,但乌克兰警卫还是推着他一步一步通过了这块区域。

在走到离大门大概二十码的地方,警卫指给扬看的,正是犹太人被推搡着塞进列车车厢的画面。这里看得很真切,警卫说。他让扬不要再换地方了,因为从这里能很清楚地观察到接下来发生的事情。

"自始至终我都想拔腿就跑，"扬写道，"我一直逼自己冷静，反复地告诉自己我不是那群可怜人当中的一员。"他看到有盖世太保在叫嚷着，命令把列车的门打开。而人群面前的道路正被列车挡在那里，或者说，道路直直地通向列车车厢。那个盖世太保手扶着屁股，在人群周围绕行，同时叫嚷着要犹太人进入车厢，说火车会把他们带到工作的地点。但随着一阵突然爆发的笑声，盖世太保抽出手枪，朝着人群射击。惨叫声传来后，他满意地把枪收回皮套，兴奋地喊着："好了猪猡，快滚！快滚！"接着，四处都传来了枪声，在恐慌之中，人群在狭窄的过道中乱成一团向前涌，很快两节车厢便被塞满，但纳粹依然赶着人往里挤，最后甚至用枪托砸着人缩进去。"这些可怜的人，"扬写道，"被他们的处境弄疯了，甚至开始踩着那些已经在车厢里的人，借着他们的头和肩膀往上爬……这些无助的人扯着车里人的头发和衣服作为支撑点，踩着他们的脖子、脸和肩膀往上挤，而车里的人只能痛苦又狂暴地嘶吼，他们对此也无能为力。"

最后，集中营守卫关上了车门，并且加上了铁闩。

扬·科尔斯基接下来描述的场面使人疑窦顿生。他在写书的时候也注意到了这种可能性："我知道很多人不相信这些，会怀疑我夸张或者捏造了事实。但这里面既没有吹牛也没有说谎。我也没有别的证据，没有照片能证明这些内容。但之所以这么说，之所以这么写，只是因为这确实是我亲眼所见。"

这列车车厢的地板上，他解释道，铺满了生石灰。因为里头极其闷热，人们很快就大汗淋漓；而他们一旦碰触到生石灰，就立刻会被灼烧脱水。"因为过程漫长，这些人死得非常痛苦，他们的血肉是一点一点从骨头上腐蚀剥落下来的。"扬说。

塞满这些车厢用了德军三个小时时间，当最后的车厢也满上的时候，天色已黑。扬数着那些被驱赶进最后一节车厢的人数：总计四十五人。而后铁门紧锁，接着是闷沉的惨叫。扬回过头，看到在另一侧的集中营地上，横躺着几十个遭枪击而半死的囚徒。他注视着纳粹警卫走过去，一一射杀了他们。

列车终于缓缓地启动了。扬·科尔斯基并不知道它最终去向何方，不过按照他的"消息来源"，这列货运火车会再行驶八十公里，然后在荒野里停留数日，"直到死亡渗透遍所有车厢"。这个地点应该是在接近贝乌热茨死亡集中营的坡道上。因为，按照扬提到的，会有其他的犹太囚犯在纳粹的监视下清理车厢，把尸体丢进巨大的乱葬坑。与此同时，在伊兹比察·卢布林集中营，也就是扬目睹人们被杀的地方，会有新一批犹太人被赶过来，等待着返回的空车，而后再一次被送上屠场。

离开集中营的时候,扬和他的向导没有遇到任何阻碍,然后他们就这么分开了。扬还掉了借来的制服后,然后开始一遍又一遍地洗澡,最后在树下睡去。但醒来后,他依然感到一阵阵的反胃,几乎一整天都在不停地呕吐。这之后他又一次陷入了长达三十六小时的昏睡。最后,在别人的帮助下,他才被架上了返回华沙的火车。

"我在那死亡集中营所见的景象,恐怕会成为挥之不去的噩梦,"他写道,"我想不出有比把这段记忆从脑海里抹去更大的仁慈了。一旦回忆起这些,反胃和呕吐就会不可避免地相伴而来。更重要的是,我只是想从这段记忆里获得解脱,把所有相关的内容全部抹个干净。"

扬·科尔斯基离开波兰的那天是 1942 年的 9 月 11日,当时他乘火车前往柏林。由于持的是法国证件,他尽量避免开口说话,免地被人揭穿身份。为了装出牙疼的样子,在整趟旅途中,他甚至都拿纸巾捂着嘴。

扬的目的地是英格兰,而那些放着包含了秘密文件的微缩胶卷则放在剃须刀的手柄中。临行前,大家聚起来为他践行。扬最好的朋友送了他一块圣餐饼,这块饼干被小心翼翼地放在胸坠里,用链子串起来挂在了扬的脖子上。

顺利抵达柏林以后,扬稍微有了点空闲。他想了解一下德国的真实环境,借此机会,便去找了一个老友,鲁道夫·施特劳赫。战争爆发之前,扬曾经在欧洲的大学里就读,那段时间他常常跑到柏林国家图书馆里,也因此总是借宿在施特劳赫家中,而施特劳赫也喜欢扬自由民主的思想和言论。

但这次时隔多年造访的结果让扬很不舒服,施特劳赫已经完全变了个人。在和这个希特勒的狂热支持者的交谈中,扬也不得不假装支持纳粹的政策。幸而夜幕降临,话题未能继续,他们一起去了昂特登林登道旁的一家餐馆共进晚餐。在那里,他的朋友似乎很害怕被人发现自己在和外国人一道吃饭。终于,他坦言,现在所有的波兰人都是希特勒的敌人,他们最好就此别过,永不相见。

扬立刻离开了餐馆,担心着他的朋友已经招来了警察,在愤怒中,他混进了车站候车厅,这里人多嘈杂,是理想的避难所,而后,就登上了开往布鲁塞尔的列车。

经比利时转车后,他抵达了巴黎。在嘉德诺大道附近的一家糖果店里,他和一个老妇对上了暗号,老妇旋即带着他去和几个波兰地下组织成员见了面,他们给了扬一份新护照。在里昂休息了数日后,扬又开始了他的西班牙之行。他去了佩皮尼昂①,一对西班牙情侣愿意为他带路跨越国境。但纳粹对边境监管的严厉程度超乎想象,所以不得不等待了些时日。最后,一个叫做费尔南多的小伙子同意带

————————

① 法国南部城市,位于西班牙边境,毗邻地中海——译者注。

扬上路,只是他们得用自行车在夜间骑行。费尔南多领路,扬则关闭灯光保持在其后五十码处跟随。如果费尔南多突然停车并且响铃,扬就需要立刻躲起来。骑行开始后半小时,前头的铃就响了,扬立刻掉头躲藏,成功地避开了纳粹巡逻队。第二天他们重新上路,先是步行了一段,然后才开始骑行。大概三十公里后,在一处转弯口,费尔南多的车灯消失了,扬进入了一片彻底的黑暗中,看不见路的他摔倒在地,但时间不等人,他立刻又扶起车来使劲追上了费尔南多。

而后,他们好不容易到了海边,扬把自己藏进了渔船的船舱中,盖着衣服睡觉,三天时间里几乎没走出过船舱,靠人供给热酒和食物维生。终于,第二个向导来了,扬和他同行穿越了比利牛斯山。这趟行程也耗去了三天的光阴。某天晚上,在休息时有两个身影靠近了他们。当扬觉得自己要被第二次逮捕的时候,却发现那是两个法国人,一个前上班族和他十八岁的儿子,他们是去参加戴高乐将军的军队的。扬建议四人一起行动。次日,他们又遇到了个反对法西斯主义的西班牙人,后者热忱地接待了他们一番,还载着他们去了火车站。在那列通往巴塞罗那的火车上,通过介绍,他们结识了一个热心的技工,扬等几人被那技工很好地保护了起来。他们在煤车中愉快地度过了这趟旅程,直到接近巴塞罗那终点之前的最后一个小站,几个人跳下车,并且互相作别。

抵达了巴塞罗那外围是步行数小时之后的事情了,扬试着寻找早先收到的地址。他向路过的工人问路,那人给扬指点了路,还对他露出了微笑:"戴·高乐?""戴·高乐。"扬回答说。而接头地点是个脸颊红润的矮个男人给扬开的门,双方互对暗号,然后他招待了扬一顿吃的,期间那个男人不停地开着法西斯的促狭玩笑。

当天下午,扬赶往了英国使馆,见到了总领事,总领事对于扬的任务早有耳闻,便给了他所有去往盟军领地所必需的证件和材料。

从这时起,扬才总算脱离了危险。

他被护送进外交人员专用的豪华轿车里,八小时后抵达了马德里,停靠在大使馆区边的别墅门口。接着,在两个西班牙保镖的护卫下,扬又乘上了通向阿尔赫西拉斯①的火车。

港口的渔船早已守候许久,马上就启航驶向了直布罗陀海峡对岸的方向,登上了一条英籍游艇。英军上校伯吉斯和扬一见如故,他们抵岸后就在伯吉斯那乱糟糟的办公室痛饮加冰苏格兰酒直至天明。第二天的早餐也是异常丰

---

①　西班牙南部城市,重要的港口和旅游点,位于直布罗陀海峡边上——译者注。

盛,可惜扬不能多待些时日,天黑时分两人就不得不相互告辞,由一架美式解放者轰炸机带着扬飞向了英伦三岛。

待到降落在伦敦皇家机场,已经是八个小时后的事情了。从落地开始扬就受到了英国情报部门整整两天的盘问,他们想全盘掌握扬的情报。直到波兰流亡政府发起投诉,扬才得以解脱。在他的书中,这件事写到的并不多。"要从繁琐细致的英国调查机构里脱身,"扬写道,"那可真得花上不少时间,整整过了两天我才见到了波兰政府。"

1942年11月28日,扬·科尔斯基与波兰流亡政府在伦敦进行了正式接触,这同时也意味着他得开始那长篇巨著一样的报告。扬的时间被交谈、采访、面议和例会占得满满当当,而每当他述说起发生在波兰内陆的事时,那份刚抵达英国时的自由感也会烟消云散,好像又回到了"被盖世太保追捕,噩耗与痛苦不断传到地下组织里"的时日里一般。

第一个了解到这份报告细节的人是斯坦尼斯拉斯·米科拉伊奇克,波兰内务大臣。扬向他做了口头汇报。

然后是西科尔斯基将军,政府领袖。因为早在扬的第一次法国任务之行时,双方就曾在昂热打过交道,所以彼此之间早已认识。他们谈了很多,话题涉及到未来波兰的政府相关组成,还有战后地下运动领导人的职责问题,等等。

西科尔斯基授予了扬战争英勇军功章,这是波兰军人的最高荣誉,不过作为私人礼物,扬还得到了一个蚀刻了他名字的银质雪茄盒。西科尔斯基让扬去好好休息:"别被数不清的会议还有报告给拖垮了。要是纳粹没把你整倒,反而是盟军把你累垮了,那可实在说不过去。"

他也注意到了扬手腕上的伤痕:"这些疤看起来糟透了,但不妨把它看成纳粹留给你的奖章。"

完成和波兰流亡政府的交流后,扬就转向了盟军政府。英国外相安东尼·艾登是第一个接见扬的,他还是扬曾经的偶像,早在扬还在日内瓦的国联图书馆中学习政治时,就已经被艾登的才华和优雅所折服。

安东尼·艾登聚精会神地听完了扬的报告,然后说道:"听起来你差不多经历了这场战争中的一切,除了还没被德国人杀掉这一点。"

此后,扬和几乎所有英国政治领袖进行了会面,在联合国就战争罪进行审判时,他也站出来加入了证人的行列。他陈述了他在华沙犹太人聚居区和伊兹比察·卢布林集中营所看见的事实(在自己的书中,扬依然称呼那里为贝乌热茨集中营)。"我说的这些,"他说,"可以被记录为证词,用在联合国的军事法庭对纳粹德国的起诉中。"

扬还接受了英国以及其他盟国的出版社的采访,和许多政治家、作家、不同宗教派别的代表进行了交流。

但他很快意识到,在伦敦,波兰并不是人们关注的重点。因为复杂的利害关系，人们需要注意的事务种类繁复，再加上战争机器强加在人们身上的经济负荷，所以波兰问题并没有被放在第一位加以考虑。实际上，波兰算什么呢？至少对英国人而言，波兰代表的意义只有 1939 年 9 月的那场短暂战役和"一小撮依然在呐喊的顽抗者"而已。它的声音如此低微，没人知道在其他国家纷纷向纳粹妥协称臣时，波兰政府完全不向纳粹妥协的英雄壮举，也没人知道"秘密地下国度"的壮绝悲歌。而且与此同时，正如扬写道的，人们一直怀疑波兰在这场战争中的损失是否真的比得上"英勇的苏联人民那难以计数的牺牲和他们蒙受的无法估量的伤痛"。

1943 年 5 月，西科尔斯基将军告诉扬·科尔斯基他将很快启程前往美国，他要做的事和此前在伦敦做的并没有什么不同，他要告诉人们发生在波兰的惨剧，还要转达波兰地下组织和华沙犹太组织的信息。他只给了扬一条建议："你要告诉他们的是真相，也唯有真相才是你要告诉他们的。"数周后，这个波兰政府最优秀的领袖死于直布罗陀空难。

不久之后，按照扬的说法，他就"看到了自由女神像渐渐出现在纽约港的洋面上"。在大洋彼岸，扬的时间又一次被无数的访谈、对话、采访和讲演给占据了。他约见了许多重要人物,和美国政府的代表进行过不少会议,也无数次地对百姓和美国犹太人演讲。扬谈到和菲利克斯·法兰克福的会面,当时他们对犹太人的命运讨论了很多。菲利克斯·法兰克福是美国最高法院的陪审官,也是个犹太人。这次会面没有被扬写进他的书中,不过他们会谈的时候还有其他人在场,那个目击者对这次会面印象深刻,他说当扬·科尔斯基把话题转到犹太人屠杀事件后不久,菲利克斯法官就打断了他的话:"我不相信。""你觉得我在说谎吗?"扬问道。"不,我不是说你在说谎,只是我没法相信。"对发生在1943年的犹太种族灭绝事件的无法相信,无论是只是缘于个人的怀疑还是出于政治的考量,都说明了同一件事:扬·科尔斯基带来的消息什么也没有改变,也没有像那两个华沙的犹太领袖所期望的那样,"震撼世人道德的底线"。

后来扬得知了新的消息,富兰克林·罗斯福,美国总统,想和他进行私下的交流。这次会谈是在1943年7月28日举行的,地点就在白宫。当时一道参加的还有波兰驻华盛顿大使,扬·切哈努夫斯基,会谈持续了一个多小时。

在扬·科尔斯基笔下,罗斯福是个"对波兰的了解程度令人惊讶,同时还愿意倾听更多相关信息"的人。扬向他详细解释了波兰地下组织的组成形式,这也正是波兰能够完全不与纳粹统治者妥协的原因。不过罗斯福想要知道扬个人的看法,扬回答他,"那些纳粹用来对付犹太人的故事"都是真的。扬保证说这些故事里没有一点夸张的成分,纳粹计划将全欧洲的犹太人系统地加以灭绝;而且这些行动早就开始,已有数以百万计的犹太人在波兰丧生。而对此唯一的直接报复方式,便是对德国城市进行大规模轰炸,同时散发传单,告诉德国人民他们政府的真相,唯有这样,才能终止大屠杀。

会谈结束后,扬沿着华盛顿那人来人往的街道漫步回家。路上他看到了纪念波兰独立运动英雄的柯休兹柯纪念碑。最后,他决定在碑底的长椅上坐下,静静地注视川流不息的人群。

PART 3

　　犹太人被留下来等死。没人去试着终止大屠杀。没人想要试着去终止大屠杀。我把这条消息从华沙带到伦敦，又从伦敦带到华盛顿，但是没人相信我。他们不相信我是因为没人想要去相信我。我还记得和我交谈过的每一个人的脸；我还清楚地记得他们脸上尴尬僵硬的表情。1942 年的时候，他们都不愿去处理这个烫手山芋，但三年之后，在死亡集中营被证实的时候，他们都争着给自己挂上胜利者的标签，喊着这是"自由世界"的胜利。可是这个放任犹太人被屠杀的世界怎么能说自己"自由"呢？他们怎么能喊着说赢得了一切呢？战争结束的 1945 年没有胜利者，只有一群帮凶和骗子。

　　当我在不列颠通告说犹太人正在波兰被屠杀时，当我在美国一次又一次重复着相同的信息时，他们只是告诉我说这不可能，没人会去屠杀成千的平民，更不用说像这样的种族灭绝了。罗斯福对我的话作出大吃一惊的样子，但也不过是装的罢了。他们对事实都很清楚，不过都故作白痴。因为表演有好处，他们化身戏子，而欺诈也正是他们的看家本领。所有人都清楚，有情报部门在为政府工作，这些声称自己对此并不了解的政客早已开始为谎言的宣传做足了准备。

　　战后我阅读了大量相关的文献,发现英国早就知道了这些消息,美国也是。当不理会犹太人大屠杀的决定被下达的时候,这些人的头脑可清醒得很。也许在他们眼里,这样的屠杀就不该被阻止,也许犹太人就不该被拯救。不管怎么说,大屠杀之所以进行得这么顺利,和盟军故作不知是脱离不了干系的。

　　所以,在1943年7月28日结束与罗斯福的会谈后,我就意识到,盟军什么也不会做:在纳粹的种族灭绝政策下,在盟国置之不理的态度下,欧洲的犹太人会被继续屠戮,一个接着一个地走向死亡。我坐在长椅上,在这弥漫月桂树的香气,优雅的雪松和合欢灌木围绕的拉法叶广场上,望着仅仅一步之遥的白宫,用了几个小时,想象着这个世界轰然崩塌的样子。我知道了那两个犹太领袖在华沙所说的"震撼世人道德的底线"只是一厢情愿的迷梦。也明白了"世人的道德"根本就不存在。一切都结束啦,就因为人们看不出对抗毁灭能给自己捞什么好处,他们便什么都不做。这个世界正在进入自我毁灭的漩涡之中。长此以往,破坏与毁灭的增长会越来越快,而它们受到的限制则越来越少,最后的最后,将再没什么东西能对抗邪恶,只有更多邪恶——他们会占据世界的每一寸土地。

　　尽管现实中延绵不断的战事使人们深陷恐惧,但幻想美好的明天却依然轻松容易。罗斯福也这样向我许诺了一个美好的将来,那是个相互理解的、战争不再的世界,那时,任何想挑起纷争的极端念头都会被制止。但和其他人一样,罗斯福既想赢得光明,又不想弄脏自己双手。

坐在拉法叶广场上,看着缓缓西沉的落日,我突然想呕吐。反胃的感觉救过我性命好几次,但是这次却于事无补。身上的军大衣被我裹得更紧了一些,这是我刚到纽约机场的时候他们披在我身上的,和给赢了比赛的跑马挂饰物一样。随着白宫的灯透过窗户一盏盏地点亮,我的心却一点点地变冷,拯救什么的不会有了,永远也不会有了,连拯救这个想法也已经死了。实际上一年之后的华沙起义时,波兰人民直到最后一刻还在相信着英国人和美国人,甚至苏联人会出兵救援。但对我而言,在 1943 年 7 月 28 号这天,我就知道他们什么也不会做。甚至就在当天下午,我便明白华沙会被抛弃,正如波兰在 1939 年被抛弃,正如波兰的德国的荷兰的法国的比利时的挪威的希腊意大利保加利亚澳大利亚匈牙利罗马尼亚还有捷克斯洛伐克的犹太人被统统抛弃了一样。

世界的这一侧发生着屠杀,另一边则选择放弃——他们什么也指望不上。这就是新时代的铁则,而且可以认为这个新世界已经到来:从那时起直到今天,我们一直承受着被抛弃的痛苦。这份苦痛使我完全无法入眠。1943 年 7 月 28 日到现在,已经过去了五十年,我却始终被失眠所扰。

因为每天晚上我都能听到华沙犹太人聚居区的那两个领导人在对我说话。我能听到那要我转达的消息在脑海里翻腾反复。这条没人想听的消息,一直徘徊在我的每个夜里。能想象一条未被送达的消息自己活了过来的感受吗?那真是无比的折磨,足够把你逼疯。我几乎所有的睡眠时间都被它所占据,我用了这辈子一半的时间想着波兰、华沙、聚居区、那两个犹太领袖的信任,还有那无人关心的消息。我用了所有的夜晚去回忆那两人,还有他们所说的。尽管肉体已经被纳粹抹杀,他们的声音却依然回荡,永不止息。这就是我的失眠。你这辈子里只要当过信使,那些信息就会要你背负到永远。

当闭上眼睛的霎那,也就是影像的世界被关闭的一刻,当你的心防终于被放下的瞬间,句子们就都跳了出来。顿时日夜颠倒,晨昏不分,你的思维被它们控制了。你能看到文字们微微地颤抖着像是小小的火苗。这种情形难以理解,无法想象,但它们就鲜活地存在于那里,时候一到,就如同一道闪光,它们会颤抖着、摇摆着,却像无法阻止的一根根针那样从你眼前划过。你会立刻明白那其实是两个华沙犹太领袖的声音:像其他信使那样,你也成为了一条信息。

五十年过去了,我没有一天不在想着那条华沙信息。实际上,我怀疑我这辈子的所思所想都再不能和这脱离干系了。我常常逼自己把注意力转到别的事物上面,但每当我意识到自己正在试图转移注意力的时候,我就明白萦绕在我脑海里的还是那条信息。正因为像这样的日思夜想,所以最后我明白了,有些东西没法传达,那些东西别人没有听见,或许永远也听不见了。有时候我想,人们没法听见我必须要转达的信息,是因为没人可以承受这份重担,这个世界的一部分正在被屠灭的重担。尽管实际上每个人都清楚,地球上的一些人正在消灭另一些人,但大家还是自我蒙蔽,宁可视而不见。

当我把这条消息从华沙带往美国时,华沙的聚居区已经被从地图上抹掉了。当我对着盟国大声呼吁时,给我消息的人却正在乱葬岗中腐烂。是因为这消息到得太晚了吗?在卧榻却无法入眠的每个晚上,这些话语都会在眼前晃动,使我警醒。我用了一辈子时间去拒绝相信这条消息到了太迟的事实,因为随着那些黑暗中的文字和声音,光阴倒转,岁月重现。我滔滔不绝,却哑口无声,我口若悬河,却无人留意。兴许你能从我的这些文字中看到一些什么,因为这些词字所包含的内容远比其本身走得更远;也许五十年前,这消息里已经有什么东西传达给了我,这东西在抗拒着时间,甚至在抗拒着大屠杀这铁一样的事实;也许,在这条消息里,还有另一条消息。

这就是为什么在每个夜里,我的意识会都会被脑海里的字句占据的原因。如果能告诉你我一生的故事,其份量就会远比单纯的词语强大得多——正是这漫长的经历塑造了今天的我,而通过这故事,我也会重获新生。

我的名字是扬·科尔斯基,出生于1914年,籍贯波兰罗兹,这里是全国最糟糕的城市,还处在全世界最可悲国家,波兰这个没人在乎、饱经沧桑的国度。关于这点,我没有忘记,我也强迫自己不去忘记。周边的邻国不断地给波兰加诸恶名,好给自己国内滋生的反犹主义找到一个合适的发泄口,"消灭犹太人就是净化自己的种族"这种丑恶的幻觉就是这样被树立起来的,所以论及罪恶,反倒是那些通过这样那样的方式和纳粹合作的政府们更罪孽深重。但当冠冕堂皇的说辞无法再掩盖他们所带来的苦难时,他们就把所有的罪责都推向了纳粹,把自己洗脱得白白净净的,尽管都是一丘之貉,但现在他们甚至开始高谈阔论说这是"人性"。

有这么两三次,在早上还没起床的时候,有些名字就自动地从我的嘴唇之间不停地蹦了出来。首先是那些聚居区:那些位于罗兹、克拉科夫、华沙、卢布林、凯尔采、拉多姆、琴斯托霍瓦和比亚韦斯托克的犹太人聚居区;然后是伸展蔓延的铁路,它们在我脑中挖出了一道道沟壑,我能听到1942年冬,那些开往奥斯威辛—比克瑙、马伊达内克、特雷布林卡、索比堡、贝乌热茨和海乌诺姆的火车所发出的尖啸。我能听见那些被驱逐的男人、女人、儿童的悲恸痛哭。

他们被塞进车厢中,紧贴彼此,车厢里弥漫着粪便和尿液的味道,这是死亡的气味。我能听到他们生命的消逝;死亡紧紧地抓住他们,就像一条恶犬撕扯着脖子。然后我下床离开卧室,留下我的妻子依然在那里熟睡,她开灯都能睡着。我的妻子知道我会夜起,按照她的说法,这是每晚三点的"和幽灵约会",但是我身不由己,只有响应他们的召唤,没有办法逃离:这不单单是因为不公,还因为逃避就相当于使他们再次死去。毕竟,每晚去倾听那些故者的声音是使他们再现的唯一办法。

宝拉理解我失眠的原因;作为纳粹死亡集中营极少的生还者,宝拉也是个犹太人,而她的家人都已在灾难中丧生。有的时候,她也夜不能寐,会和我一起坐到起居室的沙发上,帮我裹紧旧睡衣然后一起看着外边。透过窗户,自由女神像清晰可辨,火炬高擎。

一开始,这片全新的国土深深震撼了我,我珍爱这份自由,就和其他那些背井离乡来到这里的人一样。就像卡夫卡在他的小说中写的那样,我有时候会觉得自由女神握的不是火炬而是利刃,除了自由之外,这更像是正义的标记。可是战后我在这里又度过了一些年月,当我发现斯大林在盟国的默许下把波兰人关作囚徒时,看待自由女神像的目光里就多了份仇恨。与罗斯福一样,与剩余的盟国领导人一样,与其他的标志一样,自由女神所标示出的不过是谎言。我每晚都会想到这个雕塑之下所覆盖的真相,尽管仇恨的情感逐渐减少,但只要看见黑暗中的那虚假光芒,我还是会本能地抗拒。从某些角度上来说,我永远是波兰地下组织的一部分。

在最近的耶路撒冷旅行期间,有拉比问我是怎么看待波兰人这个概念的。我告诉他"波兰"意味着"抵抗",而身为一个波兰人就得在一切暴行面前都挺身而战。作为波兰人,就不但要反对希特勒,还要抵抗斯大林。作为波兰人,就意味着要一直对抗俄罗斯的入侵,无论后者怎么称呼自己,斯大林主义者也好,布尔什维克也好,苏联人也罢,都没有什么区别。作为波兰人,就不能被各种意识形态的谎言所蒙蔽:比如说美国的霸权,尽管它是民主的,但这也不过是罪恶的另一种形式而已。波兰还意味着孤独,这个孤独不单单是指地缘政治上的被孤立,即使现在波兰只存在于我的脑海中,也许我已经成了最后的波兰人,这也都无关紧要。从丘吉尔、罗斯福还有斯大林这三只秃鹫瓜分世界的1945年开始我就理解了这点。波兰人,我告诉拉比,就是持不同政见者——并且无法逃离孤独。

五十年后的今天,我意识深处那些死去的犹太人不再呐喊,我再也听不到那些烙印在记忆深处的犹太人聚居区和死亡集中营的名字,但为了去安抚曾压得我几乎失心疯的亡者,我有时会缓缓地重复犹太领袖在华沙向我吐露心

声时说的话。在心中回忆出全文,靠着轻柔的背诵,像是个
祷告者,我慢慢地吐出每一个句子,而句子们也缓缓拍打着
我。这时我会闭上眼睛,看到华沙的那两个人对我说话,他
们的声音和我的重叠在一起,就如往日重现。有几次,我还
听到了罗斯福的声音,尽管他也想说得温和一些,但还是成
了暴躁的低吼。直到今天,我还能听到他努力抑制住的哈
欠声,而当时我对他说的正是抵抗纳粹者的命运,还有那些
被送往集中营消灭的犹太人的结局。

当时一起参加和罗斯福谈话的还有扬·切哈努夫斯
基,波兰驻华盛顿大使。关于我们的交谈,他给出了非常正
式的外交报告,而在自己的书中,我则隐去了许多相关的看
法。1944 年这书出版发行时,很多真相我根本无法开口述
说。波兰政府也读到了切哈努夫斯基的这份报告,他们坚
称其中有些"至关重要的缺陷"。但我们算是盟国的一份
子,所以不能惹恼了美国,而后者也不想和苏联闹僵,所以
对这两者,我在书中什么也没有提及。

彼时罗斯福刚刚结束他的晚餐。他吃得很早,时间大
概是六点左右。当我和大使一同走进椭圆型办公室的时
候,服务人员正在撤走餐盘。罗斯福的嘴还在咂巴着,他一
边抹嘴,一边漫不经心地读着握在手上的文件。透过薄薄
的纸背,能看到到我的名字被黑体粗写在上面。我猜那份
文件上列出了他所需知的关于我的资料。不过罗斯福显然

不把我们当回事,他只是舔了舔嘴唇,然后问道:你是谁。
这非常可笑,他刚才看的那张纸上写得可是清清楚楚的呢。
我也不明白我为什么没有如实回答说"扬·科尔斯基",而
是鬼使神差地答复"谁也不是"。不过,这事无关紧要,因为
它们实际上也没什么区别。甚至罗斯福自己也没有注意到
我的回答,在用力的握手之后,他说道:"欢迎你,科尔斯基
先生。"

　　房间里还有其他许多人,隔层放着汤碗的矮桌边,一群
军官在沙发上交谈。门边上则站着几个保镖,他们的附近
有个风姿绰约的姑娘,穿灰色西服,衬白色短衫,这个架着
眼镜、挽着圆形发髻的女子正在做笔记。我和大使在一张
沙发上坐下,当我对罗斯福解释当下波兰被纳粹和苏联两
边包夹的环境时,我注意到罗斯福在椅子上不安地扭动着,
好像被什么东西迷乱住了神智。他这个姿势我后来还见
过,在那张著名的雅尔塔会议照片上,丘吉尔、罗斯福和斯
大林彼此挨得很近,每个人看上去都一副肥头大耳、志得意
满的样子——或者说,至少想表现出这幅样子。坐在我和
大使面前的罗斯福现在一副昏昏欲睡的表情。而你知道
的,困乏的人总是想让别人也变得有气无力。在这场交谈
中,罗斯福未曾说过几个字,他的副手也没有补充什么发
言。不时的,他会侧转身躯,直勾勾地盯着那个穿着灰衣白
衫的女人的腿看。

　　我继续直白地说着，描述着伊兹比察·卢布林集中营里发生的一切。那个女人不停地打着笔记，罗斯福则一言未发。他解开了自己的夹克衫，然后舒舒服服地滑落到了扶手椅中。我猜他正在消化晚餐。我对自己说，富兰克林·罗斯福正在消化——欧洲的犹太人正在被屠灭的事实。然后，当我在他面前重复从华沙聚居区那两个犹太领袖托付我带来的消息时，当我重复他们轰炸德国城市的要求时，罗斯福缓缓地张开了嘴。我猜他的反应会很恐怖，可惜没有。他什么也没有说，他的嘴角微弯，然后压抑住了自己的哈欠。我对他说的越来越多，不单单是华沙的犹太人，还有全欧洲的犹太人乃至全世界的犹太人都正在被屠戮，但罗斯福看起来却越来越倦怠。他每次嘴巴微张，我都期待着他说些什么。我和大使都想听听美国对欧洲犹太人命运的看法——但是什么也没有，除了哈欠。

　　在这尴尬的场合下，为了继续说下去，我不得不把目光聚焦在汤碗上。我猜测着里面究竟装了些什么汤水。过了一会儿，罗斯福说道："我知道了。"然后又把这句话重复了几次。具体情况是这样的：每当我说出那些恐怖的细节想带来撼动时，他就会去转向那个漂亮秘书，瞪着人家的腿，然后嘴角抽搐，哈欠过后，就补充一句：我知道了。他的话是不是仅仅用来掩盖哈欠的？至少我看起来是这样，也许对罗斯福来说，说这话和哈欠并没有什么不同，都是含含糊糊的一句。到最后,罗斯福说的话都成了哈欠。我又听到他说了一遍:我知道了。谁知道呢,也许他想拿着这话来掩盖的不是哈欠,而是他本身的态度。因为事实上,他并不想知道,他想要的其实是不知道。所以他把"我知道了"这句话重复的次数越多,相反的态度就表现得越明显。

抛开别的不说,我还是激起了罗斯福的好奇心,那种高高在上的人物看待底层市民时候的好奇心。说到底,我和大使不过是两个来自破灭国家波兰的小角色,换句话说,我们的国家甚至都不存在了,在将来的国际冲突中连起到平衡的作用都不能。那个时候我还不知道,早在1943年下半年的的德黑兰会议中,英美就已经把中欧和东欧拱手让给了斯大林。战争尚未结束,但波兰已为鱼肉。我在华沙的朋友们所作的一切都是徒劳,和之前希特勒所做的一模一样,斯大林早就打定主意要吞掉波兰了。而波兰在和苏联断绝了外交关系之后,只能面临这无望的困境。

如果要做一个总结的话,那么这一天其实就是我和大使在烦扰着罗斯福,他接见我们也不过是碍于面子罢了。另外,我们还是天主教徒,美国人眼里的一群宗教疯子。所以我一直很期待罗斯福问我们波兰的天主教徒——被人认为是反犹主义者的这群人——是如何拼命拯救犹太人的。但罗斯福什么也没有说,只是习惯性地又去看他秘书的小腿。我盯着汤碗,开始怀疑我和大使为什么要待在那儿。

　　当时我还不懂,要让一个人闭嘴,最好的方式就是让他不停地说话。那天就是样子:我不停地说啊说,唾沫横飞了不知多久。这让我联想起另一件事:关于那件事,我同样持续地述说了好多年,那时我写出了一本书,在美国还大获成功,成百上千的美国人争相购买,而出版商则不停打电话通知:"已经卖出了六万本!现在搞定了十三万本!刚刚突破了二十万大关!"放到现在,我能想到的就是,六万个哈欠,十三万个哈欠,二十万个哈欠。在这样说了一整个小时之后,面对着罗斯福,在白宫的椭圆型大厅里,我竟有一种身处盖世太保审讯室的感觉,因为脑海里就只剩下了相同的想法:我该怎么从这里逃走?

　　我观察过纳粹的酷刑,也承受过苏联的恶意,而现在,尽管形式完全不同,我正在见证美式的暴力。装饰了沙发、汤碗还有哈欠的软暴力。它用装聋作哑把你排除在外。当我被苏联人囚禁的时候,我跳车逃跑,当我被纳粹逮捕的时候,我从医院逃亡。每一次我都逃离了那种极端恶劣的环境。但是你又怎么能从沙发上逃跑呢?

　　当晚上和大使一道离开白宫的时候,我就在想这个问题。我觉得未来的世界会被这沙发所统治,以前极权主义者玩的那套把戏已经过时了,这种模糊的、温文尔雅的叫做民主的方式会将其取而代之。1945 年夏,蘑菇云在广岛和长崎上空升起的时候,我彻底明白了椭圆型办公室里发生了什么,而里头的人更是早就了然于心。他们耳朵里是不是上了蜡?当我们离开白宫的时候,我这么问大使。当时我觉得罗斯福和他的职员们故意封住了自己的耳朵,就像奥德赛的船员们在通过塞壬之海时做的那样。我觉得他们充耳不闻的原因是觉得这样可是保护自己远离危险。但是直觉对我说,那天晚上的交谈,不是要逃离邪恶,而是对其视而不见,这里早就成了邪恶的一份子。那些不想面对邪恶的人就等于邪恶的帮凶。在白宫渐渐淡出视野的时候,我这么对大使说。

就在我们分别前,他的一句话让我记忆犹新:"邪恶之所以取胜,是因为善良之人无所作为。"因为人们只追寻自己的利益,而拯救犹太人的行动并不能给他们自己带来什么好处,于是坐视犹太人死去就成了合理的抉择。而且实际情况甚至可能更糟:英美不只是漠视犹太人的灭绝,而是乐意看到这一切。而这不体面的真相被遮遮掩掩地覆盖着,许久之后我才明白到这一点。英美政府之所以不想朝挣扎在死亡边缘的犹太人伸出援手,是害怕难民的大量涌入。丘吉尔的部分幕僚担心希特勒会大范围驱逐犹太人,而巴勒斯坦地区会成为这些难民最大的涌入地区,这将会影响到英国的国家利益。在伦敦的英国外交部里,甚至有人专门制订相关条例,让反犹内容潜移默化地成为法律的一部分。

而美国国务院，不单单是反对犹太难民，实际上他们历来奉行的政策就是对任何有移民倾向的人设置障碍，但在罗斯福执政时期，审查达到了顶峰，几乎闹出丑闻，而移民程序更是繁复异常，在申请加入美国国籍的人中能真正合法地踏上这片土地的人，十不足一。而这些内容，等到我在乔治敦大学以及哥伦比亚大学开始研究相关课题时才逐渐显山露水。当时我都年逾六十，借着学生正在写一篇有关美国和犹太人之间关系的叫做"被美国抛弃的犹太人"的论文，才去深入挖掘了解的这一切。

这事从现在来看不能单纯地归结于官僚主义的不作为，当时真的有对欧洲犹太人不管不顾的设计思想在里头。我知道这事儿听起来很不可思议，但国务院里确实有人在阻止媒体发表关于大屠杀的新闻以及禁止该类消息的广为散播。他们中的狂热分子甚至给犹太组织施压要他们"分散大众对于大屠杀的注意力"。他们的理由是，如果公众的注意力被集中到了拯救犹太人身上，就会给他们正在进行的战争带来负面的影响，而那才是美国需要考虑的重点问题，所以公众对于这事的意识不能被唤起。但当犹太人拯救行动不会再对战争进程带来负面影响时，国会也没有通过任何相关的议案。

反倒是罗斯福，担心这个问题会导致政治风险，所以在战争期间一直试图减少复杂的移民程序，但他的提案却始

终被国会所拒绝。等到 1943 年大选后,议会被反对接纳难
民的保守党占据了大部分议席,所以开放国门一事更加雪
上加霜。而罗斯福本人,在他第一任期间不是一个对犹太
问题无动于衷的人;相反,他不希望在"犹太团体"面前表现
得太友善,因为这么做可能会降低他连任的可能性。就在
这些原因的综合作用下,犹太人拯救问题在无限的互相踢
皮球中无疾而终了。

　　无论何时,无论何地,丘吉尔抑或罗斯福政府的成员只
要一提起犹太人拯救行动,他就会面对希特勒也曾处理过
的同样问题。对英美而言幸运的是,希特勒没有大规模驱
逐犹太人,而是屠杀了他们。

　　在结束和罗斯福的会面后,我曾想返回波兰,但未能成
行。那是在 1943 年 9 月,我想要重新加入波兰地下组织,
可是伦敦的波兰流亡政府告知这样非常不妥。波兰总理米
克拉吉塞克说盖世太保正试图抓捕我,纳粹电台更是揭发
说我是个"为美国犹太人工作的布尔什维克间谍"。我猜政
府怕我再度落入纳粹手中,而我现在知道的机密实在太多。
毕竟,我难道不是已经了解了波兰和波兰地下组织已经被
抛弃的事情吗?如果我真的带给华沙这样让人失望的消
息,地下组织的领袖们又会怎么看待自己的处境?

　　我猜流亡政府希望继续利用我去散播那条消息。但我
越是按照这命令开始更加频繁的讲演、采访、写作,越是这

样"尽我所能地在各种媒体上抛头露面",就愈发感觉到一种歇斯底里的无望情绪。每一天都重复着相同的采访,每天都接受着类似的质疑,每天都对着相仿的尴尬面容。而我自己呢?喊着前一天刚说过的台词,用着反复了无数遍的音调,像个厚脸皮的的演员。这一切让我虚脱坏了,睡眠也严重不足,大多数时间我是在汽车里火车中或者躺在影院的座位上草草了事,因为那几乎是我唯一的休息时间。银幕上的电影常常会重复连着三四场,而我也就偶尔睁只眼瞅上两眼,不断重复的剧情和我的处境类似,倒让我能找到些安慰。

也就是在这段时期,我有了把我自己的经历搬上银幕的想法。我把这个点子告诉了位于伦敦的波兰流亡政府,因为他们曾经也鼓励我去写一个关于"波兰地下抵抗组织的伟大电影"("波兰地下抵抗组织的伟大电影"这个叫法还是流亡政府首相米克拉吉塞克最早在他写给我的信里提出的)的剧本。此前一部亲苏电影,《莫斯科任务》,刚刚轰动上映,可是好莱坞对波兰的兴趣不比美国政府对波兰的兴趣大上多少。话又说回来,我们也不了解到底怎么拍电影,更别说筹集上百万美金的拍摄资金了。于是这事就不了了之了。再说,日复一日地重复这种毫无听众的故事,连我自己都开始怀疑起它的真实性了。甚至那份噬骨的孤独都成了荒诞的闹剧。我像个虚幻的影子,不断地重复说着:在德国和苏联之间,有一个遥远的国家,那里的男女正在英雄般地竭力抵抗外来侵略,却依然在走向不可避免的灭绝。

实际上我长久以来的失眠也源自于此:在幻境中,整个世界像冰面一样在我面前展开。我想到了什穆埃尔·泽格波姆,最近他自杀的消息刚刚传来。当我抵达伦敦后,他是第一个,可能也是最后一个认真地听了那条消息的人,因为他想要知道——而他也的确理解了。死前,他曾在 BBC 的采访里这么说过:"如果没有办法阻止这人类史上最大罪行的话,那么我会以身为人类而倍感耻辱。"这个我崇拜的正义斗士,在用尽了他所有的力量却依然未能拯救大陆彼岸的同胞兄弟后,选择了用煤气自杀加入他们。如果这样的男人都选择了这个结局,那么环境一定真的非常无望。像什穆埃尔·泽格波姆这种人会冷静地战斗到最后一刻,如果丧失了一块阵地,那就会想尽方法另寻一块。他的自杀,就像阿瑟·库斯勒在许久之后的自我了断一样,使我无比伤悲。朋友们的自杀给我重重一击,也使我的孤独更加彻骨。因为他们的自尽就是承认自己被孤独压垮,这比其他一切都更冰寒刺骨。这不但意味着每个人都或多或少的有自杀的倾向,还标志出了自杀总是与我们如影随形。但我还是继续呼吁着人们解放波兰,虽然世态炎凉,尽管一切看起来都荒凉无望,可依然有些什么东西在内心涌动,给我力量,让我能够不断地复述着那条信息。

我刚才提到了阿瑟·库斯勒。在我遇到的所有交谈者中,他让人最难以忘怀:库斯勒的人格古怪而又自信,非常极端,这使得他进行过许多今天来看非常不合时宜的冒险。这样为人处世的家伙也的确需要几乎不可能的性格,库斯勒能够保持和别人的哪怕最细微的联系,而且他还总是会不自觉地把一切推向毁灭,甚至对我而言也一样。他是少数几个第一时间就相信了我的故事的人之一,还把这个故事搬上了纸面,可是他没有办法控制自己,结果做得太出格:有天晚上在接受 BBC 采访的时候,他就我的故事在镜头前大讲特讲,闹得地下组织和波兰流亡政府都很不高兴。早年的时候,库斯勒也是个共产党,但是在 1938 年莫斯科公审①之后,就退了党,而后参与了西班牙内战,弗朗哥政权甚至还授勋给他,这倒让他清醒真切地明白了这个被称为第二次世界大战的东西到底是被什么东西支持的。

结果最后,20 世纪的历史证明了他的看法一点没错。而库斯勒和奥威尔的观点,也成了我写书时候的主要精神动力。从 1944 年 5 月起笔,到 8 月完书,我一直住在波兰使馆在曼哈顿帮我租的屋子里,他们还为我找了个打字员,克里斯蒂娜·索可劳丝卡,她的英文棒极了,简直和她的波

---

① 指 1938 年 3 月在莫斯科公审中对二十一名老布尔什维克的审判。包括尼古拉·布哈林在内的许多人被斯大林处死——译者注。

兰语不相上下。

写书的目的是想要改变一些事情:尽管任务可以说是一败涂地,尽管现在沮丧不已,但是我仍然认为这些来自于欧洲犹太人还有波兰地下组织的消息仍然可以改变一部分人,总有人会倾听,这甚至也可能会影响到盟军要实行的政策。我当时大概陷入了一种迷乱的幻觉之中,没有人可以阻止我停下书写,甚至连罗斯福的态度都成了鼓励。我还相信这书可以带来的改变会非同小可:只要内容句句属实,这书就能改变世界,一定会是这样。

我对自己说,也许政客们有他们自己的理由无视了我的信息,但是其他人总应该能看到真相。我还能听到聚居区的那两人对我说:"你必须告诉世界!"但事实是,新闻报纸上涉及到犹太问题的部分只是嘲弄和笑话而已。就算是那些美国民众能阅读到的相关信息,不是被排在不起眼的版面,就是被丢到报纸的边栏上,好像犹太人屠杀只是零星的、孤立的小事件。更重要的是,死亡人数的数据统计低得惊人。当然了,新闻里依然充斥着对纳粹的暴行、罪孽还有给平民百姓带去的恐怖的斥责,但是很少有专门针对犹太问题而写的文章。通过报社的稳定渠道,这类新闻直到现在还在被不断地放送,但在犹太问题方面,尽管犹太报刊发布了数之不尽的文章,宗教机构也试图警醒民众这恶化的事态,但主流媒体始终保持着沉默。对犹太民族系统的一丝不紊的灭绝,在大洋彼岸的媒体上,呈现出了另一种姿态——好像只是个夸张的传言。

然而这样的新闻过滤终于也有出事的一天,1943 年 2 月,纽约《时代周刊》上出现的一条怪异的声明直接导致了丑闻的发生。那条消息声称有七万罗马尼亚犹太人就要被屠杀。罗马尼亚政府决定不再对纳粹言听计从,决定将这些人送至任何愿意接纳他们的盟国地区。而当地民众也立刻开始了他们的行动,趁着德军正值虚弱时期,寻找着任何有救济意图的盟国。这条消息的主要目的是救助犹太人,消息称罗马尼亚政府愿意提供船只,但是需要一大笔钱来进行人员转移。这条信息被英国外交部视为敲诈勒索信息。在美国这里,为了平息事态,国务院在经过装模作样的一番表面调查后,声称这个事件"毫无事实根据"。但在纽伦堡审判时,罗马尼亚最高领导人却证实此事的确真实存在,没有任何捏造成分。当时,他们在伊斯坦布尔的一个荷兰中间人,已经组织船队将这些难民送到巴勒斯坦了。

罗马尼亚政府的计划生效了么? 一大笔钱,是的,他们已经成功地筹到了这笔资金。但重点在于,美国政府不愿意去帮助——再重复一遍,美国政府不愿意。在明确拒绝了帮助罗马尼亚政府的同时,他们也放弃了给七万犹太人生存的机会。宁愿坐视这些人死亡,也不愿做任何尝试去挽救。作为对这种行径的回应,在 1943 年 2 月 16 的那天

早上,《时代周刊》刊登出了这条巨型的广告:

人口贩卖
七万犹太人
五十美元一只

在这个广告之下,还有段被一些年轻人签了字的短文:
"罗马尼亚已经不想再杀死更多的犹太人了。在过去的两
年间,该国政府已经处决了一万名犹太人,而现在,他们决
定无偿释放这些囚徒。"文章还强调了一点,此乃迄今为止
依然对此无动于衷的美国政客们最后的行动机会:"七万犹
太人在罗马尼亚的集中营里等待死亡……该国政府希望能
把他们带到巴勒斯坦去……通往罗马尼亚的大门已经打
开! 现在就行动吧!"这冷嘲文字的后面带了更深一层的含
义:"要求他们立刻有所行动,**趁着还有时间**。"

当时很多人都觉得这广告打得不负责任,甚至还略显
反人类。但是这广告难道能比美国政府的作为更加让人反
胃么? 人们不禁怀疑:是这个广告在弄虚作假,还是美国政
府见死不救? 在让人不舒服的台词背后,隐藏着的关于欧
洲犹太人的事实更加让人难堪。显然犹太人正在蒙受着纳
粹强加在他们头上的不公命运,甚至衡量他们的量词单位
也成了"只",而世上是没人愿意被当作商品一样对待的。
对人头的明码标价,说明在美国的政客眼中,犹太人什么也

不是：虽然只要五十美元，但即使是这点钱，也没人愿去承担。犹太人一钱不值，现在还想要我们掏这么多腰包：这条粗俗野蛮的广告针对的正是当时美国政府那让人作呕的真实态度，这就像扇在美国人自己脸上的巴掌。

其实在这段时间内，我自己也越界了，引来了许多人的抱怨。那天我和一群外交官在华盛顿的高级餐厅聚餐的时候，有个波兰大使馆的成员过来和我聊天，他是个知识分子型的政治家。话题被导向了我在这里的任务，当我开始解释起盖世太保对波兰地下组织的折磨，在华沙聚居区看到的孩童惊恐的双眸，以及纳粹把犹太人塞进车厢的情景的时候，我显然已经越界了。因为发生在波兰的一切不能仅仅被考虑为波兰问题：无论是在华沙、克拉科夫、卢布林，还是那些在苏联或者纳粹治下的小镇，人民所争取的不只是保家卫国这样的单纯目的，他们更是在为自由而战。总的来说，在我看来，不仅仅是全世界的犹太人，而是全世界所有的人都需要关注发生在欧洲犹太人身上的惨剧——并且为此思考为什么会发生这样极端的情况。

当时还流传着一个看法，那就是我的热忱只是出于策略考虑的表演，目的是掩盖波兰反犹主义者的恶行。那么，我到底是灰心绝望，还是满怀希望？我不知道——毫无疑问，两个情绪都在我心中。我绝望的程度有多重，希望就有多深，而且两者并不冲突。相反，它们甚至是彼此的基石。

在极度的失望之后,就会有能量不屈不挠地重新燃烧起来,我想,那正是我永不枯竭的希望。

当时我已经夜以继日地奋笔疾书了四百余页,《在一个隐秘的国度中》行将完成。期间我根本没法停住笔头:即使脱离盖世太保魔爪已久,但每次一坐在桌子前,都有种党卫军要走进屋子来重新开始对我加以拷打的感觉。所以写作总是从大清早就开始,我站在桌子前,把写满的便条本丢进抽屉里。回想起来这的确是一段疯癫的日子,按照流亡政府的说法,这是"我亲身的冒险",比其他任何的灾难报告和数据统计都要有力得多,而这些灾难,正在把远方的家乡拉向毁灭的深渊。

克里斯蒂娜到办公室的时间大概是在早上十点,共进早餐后,她就坐到打字机前。在那之后,我便会在屋子里来回地踱步,用波兰语陈述过往的经历,克里斯蒂娜则把它们译成英文。我每讲一个句子,她就立刻把她们直译到英语,并且大声地说出来,接着我们再一起修正它。因为这样在办公室中反复的练习,所以我的英文水准也日渐增长,有时甚至能直接用英文进行写作,这也让工作容易了许多。按照和出版商的约定,我每周必须提交给他十五页的文档,所以每天和克里斯蒂娜都得累得精疲力竭。当她离开后,我就会叼着雪茄烟躺下休息,一边收听一两个小时的广播。因为写书的原因,过往的记忆总是如潮水般汹涌覆盖我全身心,所以我常常再度起身修改稿件,有时甚至会半夜起床去稿子里加上一些白天没回忆起来的细节,让文章的记叙更加完整连贯。而第二天的早上,克里斯蒂娜就不得不再打上一份校订本,然后继续我们的工作。

此外,在办公室的中央,很奇怪地装了个浴缸。我的视线总是会被不自觉地拉向那里,盯着浴缸的时候,我发现自己很少能进行清晰的思考。实际上,思绪会在这个古怪的物体面前支离破碎。所以我干脆在浴缸里放上了可以想到的一切能让人舒服的东西。铺上毯子,搁进枕头,我把它改成了一个温暖的小窝。躺在床上的时候,就会感到自己就要死了似的难受,但只要在浴缸里休息,感觉就完全不同:像一条小艇,一叶扁舟,或者一个摇篮,在里头能够摆脱掉那些黑暗的故事,而且裹紧衣服被子只露一个脑袋在外呼吸空气的感觉真是惬意极了。每次刚躺下,我就会开始思考写下的一切。这过程妙不可言,一闭上眼睛,就能看见句子。我明白,在为地下组织奔波了三年后,自己正在开辟一条新的路线。我曾跨越过德国的、捷克的、斯洛伐克的、匈牙利的、南斯拉夫的、意大利的、比利时的、法国的还有西班牙的国境线,而现在正在通过写作开辟一道新的路线:新的信息传达方式,就是用静默去取代滔滔不绝的讲演——而且这静默比讲演更为有力。是的,在浴缸里每度过一夜,我就对这条途径更熟悉一分;我还能清楚地记起在那些伸手不见五指的晚上,看到华沙聚居区的那两个领袖说话,他们的话语跌落成行,化为句子,固定纸上。

之后,到了六月,美军成功地登陆诺曼底,在广播中,他们声称德军依然在顽抗,不过法国已经被成功解放了。我立刻联想到了我可怜的祖国,波兰永远也不会这么顺利地脱难,在纳粹之后还有斯大林要控制这片国土,而这一次占领,会持续很久很久。在那一刻,解放波兰的实现变得和解救犹太人一样遥远而飘渺了起来。不过我也说到过,这感受反而也能激励我,失望和希望情绪之间的转化几乎是在头晕眼花的一瞬间就宣告完成了。

在书快完成的时候,书商邀请我去他在波士顿郊外的家,当时是春天。他家边上就是松树环绕的静谧湖畔,我在那里尽情地呼吸着新鲜空气,嗅着紫藤和金银花的味道。书商觉得我看上去怪怪的。"他看上去像匹狼。"他对着他的朋友们说。大家都笑了,在他们看来,我需要换换新鲜空气,善待自己,远离——照他的说法——"死亡之国"。实际上,他没错:波兰,还有更广大的欧陆地区,已经成了地狱深渊,死亡之国。但我属于那片国度,我无法将它们抛诸脑后,也许我自己也不愿意这样。

晚宴丰盛异常。书商给我介绍了许多"富有影响力"的人,包括出名的独立知识分子、实业家、艺术家,总之是在他看来对我的事业抱有同情心,同时也可能有所帮助的人。

这些人问了许多问题,战争、地下组织、纳粹、盖世太保、拷问、被拷问的感受,还有人们问如何在拷问面前保持沉默,无所不包。我尽可能严肃地回答了这些,但从他们瞳孔的反射中,看到的只是一个被消遣和娱乐的傻瓜。当享用饭后甜点时,书商提起说我的书中少了些什么。我懒得回答他,当然了,少了个幸福美满的结局,也没有提到美国人是怎么拯救欧洲的犹太人以及波兰于水火之中的。然后我们陷入了沉默。

书商讪笑着对我说,这些缺失的部分对成书至关重要:"所缺少的部分是美国读者所真正喜欢的、能提起爱的兴趣的部分。"说到这里,其他的宾客一顿大笑。书商继续道,说我经历了这样的四年,不可能没有在任何一场事件中陷入过恋爱。他对书中的一个章节特别感兴趣,就是从医院逃离后蛰伏在山间庄园的那几个月,期间我有达诺塔陪伴在旁,而她,显然的,是个令人着迷的漂亮姑娘。难道就不能给读者们更多关于这个的信息吗?我对他解释,对此我的确不能表述得更多一点了,因为我和这个少女之间什么也没有发生,其他人也一样。那是在战争中,极其恐怖可怕的战争,我们中的任何一个都没有这个闲情逸致去谈恋爱。但是书商还在坚持:要是能多讲点这个达诺塔,哪怕是多一点点的心理描写,这书就会看上去"有人性"得多。搞不好在他看来,一本关于人类挣扎求生的书是不够"有人性"的。

无论如何,最后我还是不得不加上了那些部分,去满足书商和他那些有钱有势的朋友们。当《在一个隐秘的国度中》最终于 1944 年 11 月定稿后,立刻就被月读书友会给相中了,这同时也意味着会有广大的读者群来接触这本书籍,再加上北美各大新闻报刊也相应地给出了书评,使得这本书共计销售出了三十六万五千本,后来又在英国再版,接着法国、瑞典和挪威也纷纷推出了各自翻译版。这是巨大的成功,然而什么也没能改变。如果这本书没能改变历史的进程,那我写它来干嘛?我的讲演失败了,而现在,书写也如是。

至于我的祖国波兰,即使在最乐观的人眼中也算是完蛋了。我刚刚写成书,就得知华沙起义已经被纳粹的铁蹄彻底粉碎。在等待着永远不会到来的支援过程中,我的朋友们、我的兄弟们、几万的起义者们,还有 20 万的华沙市民们惨死。他们奋起抗战只是源于对于盟国空军甚至苏联红军的信任,他们相信会有人及时赶到救他们于水火之中。但正如大家所知,苏联没有出兵帮助波兰;正如大家所知,红军只是静待在维斯瓦河的另一侧,冷眼看着对岸燃烧的建筑和四起的血光。盟军也没有赶来轰炸和空降部队,因为这地方已经内定给了斯大林。所以只剩纳粹摧残着华沙,将其从地图上一点点抹去,连同 20 万华沙居民一起。而苏联红军,在等到华沙只剩一片断壁残垣时,才施施然占领了这片地方。

同样的,在书出版发行后不久,波兰流亡政府就在盟国的施压下,向斯大林政权投降,如同战败国一般。而欧洲的犹太人也继续着被种族清洗,没有任何人,无论英美,向他们加以援助。有人可能会站出来说这一点不对,这个时候已经有救援行动了。但是,请注意这一点,直到最后一刻,盟军也没有向奥斯威辛的毒气房丢过炸弹,或者破坏过通往集中营的铁路。而他们的借口是什么呢?是只对军事目标进行破坏,而其他的设施需要保留或者再利用。就在此前不久,盟军对奥斯威辛地区发动过至少一次的突然空袭,重磅炸弹摧毁了该地的几个工业设施,距离集中营毒气室仅仅五公里之遥。

为了推销书,在 1944 年 11 月,我开始了一趟旅行。整整六个月间,一直在路上奔波。去了加尔韦斯敦、俄克拉荷马、新奥尔良、夏洛特、罗切斯特、印第安纳波利斯、托莱多,还有其他许许多多的市镇,进行了公开的讲演。但我又在做些什么呢?波兰地下组织已经不复存在了,所以这些讲演简直荒谬异常。在俄勒冈、北加州和路易斯安那的高速公路上,我想清楚了一件事情,自己已经不再是地下组织的信使了,而成了旁观了这一切的证人。现在倒是没有人质疑我说话的真伪了,因为证人即是证物,而不是可以选择相信与否的别的什么东西。我,扬·科尔斯基,就是波兰这一切遭遇的活证据。我终于再也没兴趣去说服别人了,但人们却会主动聚到身边,去看一个纳粹抵抗者,一个跨越了整个欧洲给盟军送信的人。在人们眼中,我成了一个英雄,"试图阻止大屠杀的人"。从某些角度而言,我本身也成了历史的一部分,一个悼亡者。而好多东西也确实只有在它们毁灭后才更容易出名。人们希望出现一个符号化的英雄,那种可以终其一生反复讲述同一个故事的人,而这种故事也是人民喜闻乐见的类型,这反过来会更强化那种英雄的形象。为了迎合大众的心态,我那修改过的经历听起来应该是美国人喜欢的类型,稍微带点痞气的人才能更好地展现他们的英雄本色。

所以现在非但没人试图出来阻止我的讲演,人们甚至还追着我想尽可能多地了解情况,我几乎每天都要面对不同的观众和媒体,直到说得都让人耳朵生茧,人们开始觉得厌倦,才得以止息。我多少次告诉过人们欧洲的犹太人正在被屠杀?1942 年的时候,这个问题亟需解决。1943 年的时候,我已经陷入绝望。但 1944 年,现在,在得克萨斯的一个小镇里,我依然对着一排排衣冠楚楚的先生们、女士们说,纳粹当时正在把犹太人送上绝路,这份荒诞真是让人窒息。旅行期间我不断地签售,也见了许多知名人士,有的时候还会发生激烈的争吵,因为我实在是无法宽恕美国人。我现在不用再顾忌什么外交纠纷了,可以当面指着他们的鼻子大加斥责。

我的读者群以女性为主,大多数时候也是她们来听,来问我许多问题。也因此部分场合会变得非常尴尬,我记得曾经有个穿金戴银的老妇人,扑来给我拥抱,说她刚刚读到我被盖世太保抓捕和拷打的章节,而这是她所能想到的最美妙的场景,这画面一定非常迷人。每一次讲演结束后,人们都会邀请我去共进晚餐以表达他们对我的可怜。就结果而言,打动了他们的不是欧洲犹太人的罹难,不是波兰的命运,而是我个人的不幸。当然,人们也看出来这一切都糟透了,也想让纳粹终止暴行,毕竟有些妇女也是犹太人,她们也有亲属在欧洲。但奇怪的是,在我讲述这一整个历程的时候,他们同情的对象只有我。虽然我能感觉到她们对我没有恶意,想要安慰我,甚至治愈我,但这些女人想听的,并且让她们乐在其中的,只是我的痛苦罢了。在这种场合脱身而出总是很难,我每次都不得不换一个新的托词,比方说头痛,重要的电话,诸如此类,才能一个人静静地待会儿。

除此以外,我还真被一个人给逗笑了,那个年轻的家伙是情报机关的工作人员——他开始为战略物资局工作,后来则跳槽到了中情局,他总是如影随形地跟着我,还尽量低调不让人发现。因为华沙起义的失败让人难以接受,所以我常常会直言苏联政权的罪恶,然后回溯到雅尔塔会议的内容,对波兰人而言,这简直是第二个慕尼黑会议。我会说到斯大林带来的痛苦。每当这时,那个年轻人就会坐在阴暗的角落里,一丝不苟地记下我的反共言论好交付上层。

至于有些人,甚至包括我的朋友在内,都认为我在为中央情报局工作,我猜他们的想法大概来自于 1945 年我的一些经历,因为当旅程结束后,我便被派去伦敦执行一个小任务。因为苏联想要篡改这些被叫做"东欧集团"的新近吞并地区的历史——波兰自然也被包括在内——还要彻底消灭这些地方的抵抗运动。而我的任务就是去收回这些国家流亡政府的历史文档并将它们妥善保存。

再后来,我当上了社会科学系的教授,先是在乔治敦大学,后来则是哥伦比亚大学。从 50 年代中期到 60 年代末,从亚洲到北非,期间我一直继续在世界各地巡讲传播着反共言论。我确实在为美国做事,有的时候也认可他们的措施。但只要一旦涉及到欧洲犹太问题,我还是会保持清晰的距离,美国在其中的罪行是不能被一笔带过的。美国人有这个能力,却还是选择了袖手旁观,所以我对苏共的攻击并不意味着对华盛顿政府以及其他政权在此事上行为的容忍。白宫的官僚把我叫做"油滑的波兰独立人士"。我得补充下,我从来没参与过任何的臭名昭著的政治合作,我是个反共产主义者的理由只因我是个波兰人。而对于波兰人而言,共产主义者就意味着当他们的朋友在被屠戮时依然淡定地陈兵于河的另一侧,对于波兰人而言,共产主义者就是在卡廷森林里把冰冷的枪管抵住你脖子的人。

记得那天早上我读到了一条难以置信的消息:战争已经结束,"欧洲今天宣告解放",大标题上这么写着。我还清楚地记得,当时自己坐在中央公园的长凳上,天空一片蔚蓝,柔和的光线从榆树叶间点点滴滴地撒在身上。不过战争尚未结束,这只是一个谎言。战争从来不会有完结的那刻,"胜利"、"和平"、"世界解放"这种台词根本无从谈起。虽然我要说的和能说的内容已经全写在了纸上,而卑尔森集中营的照片也已经震撼了世界——光是清点尸体数量就耗去了数年时间。虽然纳粹的确已经被击败了,希特勒也已经宣告自杀,但是和报纸上宣称的不一样,人类的野蛮行径远没有结束。在红军和美军解放集中营后不久,斯大林就再次启用了它们。布痕瓦尔德的集中营刚刚被清空就又被苏联的政治犯给占满了,其中还包括数千个波兰人,他们是参加红军并且攻陷了柏林的前波兰军人,柏林刚一被占领,苏联人就立刻把枪头掉转,把这些人一部分赶进了集中营,一部分送到了西伯利亚。

所以我非常愤怒,欢乐的庆祝气氛与我毫无瓜葛。胜利、和平什么的都是妄言。没人可以在这个新世界里真正寻觅到安心,因为战争与和平的界限已经模糊,刽子手满布全球。那天我沿着纽约的街道整整漫步了不知多久,想让自己心神宁定。那也是我第一次见到伦勃朗的《波兰骑兵》

原画的日子。这是弗里克美术藏馆里的一小幅油画,棕红的色调下,年轻的骑兵驾白马踏尘而过。我立刻就喜欢上了画中的人物,那骄傲的神态以及贵族的优雅。说不清为什么,我觉得他谦和有礼却倔犟非常,完美地表现出了一个内心安宁的勇士形象。

在此后人生中的每个重要时刻,我都会去看看这幅《波兰骑兵》,而每一次我都能若有所得。因为大多数其他的时候,思考于我只是奢望。自从 1945 年开始,我一直没办法冷静下来好好想问题,严重的失眠困扰着我,让人无法集中心智。画前有一张铺了蓝色天鹅绒的长椅,我总是坐在那里。美术馆的警卫人员也和我成了熟识,每次看到我就仅仅点头示意一下,也不多做盘查。他们也是移民,或者说"候鸟",当时人们就是这么称呼的,尤其指代匈牙利人。看画的时候,我整个人都浸润了进去,棕红色的光线,灰绿色的天空,这让骑手看上去既像在冥想又像准备跃动。每一次我都会有条不紊地纵览全图:骑手裤子上的天鹅绒般的红色,他马刀和弓的细部,以及抬蹄小跑的白马,远景像是燃烧过的古战场,把当年冲天的焰色驻留在其废墟上,当然,对画面中骑手似乎在等待着的未知事物的猜想,也很能撩拨人的心弦。

甚至从见到这画的第一面开始,我就喜欢上了这个骑者的姿态,他的拳头抵在自己腰间——显然这军官还是个毫无疑问的贵族。我数不清自己有多少次模仿过这个动作，在自家镜子前也好，在波兰军事学院的时候也好，我都努力想让自己看上去和这个年轻的领袖有几分类似。再后来，在和朋友们一起学习英语申请当外交官的日子里，以及还有更远的，自由波兰的梦想在卡廷破灭之后，我依然喜欢下意识地摆出这个姿势，这就像是一个符咒，能将我从白日梦魇里拉出来。这个动作就像是孤独的实体，而且它成为习惯，已经怎么也改不了了。五年的战争之后，我年轻时的一些东西反而重新被从灵魂深处挖了出来，而且再也不可动摇。我对自己说，这些看起来陈旧过时的信条，这些没法大书特书的信念，却能让一个人蒙受战火与灾难洗礼却依然保有自己完整人格，并且最终通向光明。

所以，在 1945 年 5 月的这天里，当整个世界都沉浸在欢乐的海洋中时，我知道自己根本融入不进去，但体内像是燃烧起了什么东西，我知道那是另一股力量的觉醒。在人群之中重回孤独，这反而安下了我的心。在伦勃朗的《波兰骑兵》面前，我想我这辈子也再没办法回到波兰生活，再没办法重新当波兰人了，这不但是因为波兰已经成了耻辱的同义词，还因为，就算不用对犹太人大屠杀负上责任，我们也正被世人当作刽子手来看待。尽管有数百万的本国犹太人也死于这灾难，但是波兰人依然会成为过街老鼠。这个国家要走向灭亡，最大的原因是史上最大的屠杀发生在那里。作为这种族灭绝的执行地,波兰也不可避免地要走向毁灭。纵然我们也是纳粹的受害者,还被斯大林所压迫,纵然我们付出了双倍的努力以同时抵抗两个入侵者,但世界依然会把波兰和屠杀执行者的形象联系到一起,成为罪恶的同义词。

我在《波兰骑兵》面前,就是这么下了留在美国的决定。在这漫长的时间里,我失却了故土,流亡了整整半个世纪,期间我思考过波兰,与人谈起过波兰,也为保卫波兰而战斗过,但最后我才发现我真正的国籍属于伦勃朗的《波兰骑兵》。在这幅伟大的画作前,我看见了家的踪影,听见了家的声音。如果说我真正住在什么地方的话,不会是纽约,也不会是华沙或者罗兹,而是在这里,这个满是游人的房间中,在这个微笑的《波兰骑兵》里,20世纪的沉重苦难在这个微笑中化解于无形,我也想获得这样的力量,哪怕只有一丁点也好。

一生中最痛苦的阶段开始与1945年5月8日。当时我在布鲁克林区的小旅店里租下了房间。失眠,发烧接踵而来。不管当时意识到了没有,我几乎精神分裂,而后自我封闭,长期闭口不言。广岛和长崎核弹的引爆,让我更加对这个"自由世界"的野蛮特性感到排斥。而纽伦堡审判,也充满了盟国单方面的独断与不公。每次打开报纸,看到的都是满眼的谎言,我不得不逼自己在纽约的街道上散步两三个小时以平息心中怒火：我如同陷入了永夜的梦魇之中。这种感觉像是回到了波兰地下组织时期，四处逃避着敌人。但我究竟在躲避一些什么呢？狂乱吗？也许——是空虚。我站在了自我意识毁灭的边缘。

　　幸好我这人向来坚韧，从来没有停止过抗争，尤其是在失望时。当时大使馆一次又一次想让我重回正轨，但是我完全打不起精神工作，或者按照他们的说法，"迷失了自己的位置"。纽约大部分其他的波兰人也都不支持我的看法，他们说我还不明白，和平已经降临，我却依然把自己困在战争的状态中。他们希望我能在人生中翻开新的一页，但是很快，这些觉得我的担忧是空穴来风的同胞就翻过了他们人生中幸福快乐的章节。我无法忘记，从那时开始每天的就寝时间越发减少，每个夜晚几乎都是睁眼度过，我身处墙壁环绕的房间之中，感觉那些高墙会突然向四下伸展，让人无法思考无法呼吸，而我所能做的就是死死地盯着墙上的裂隙看，直到这种感觉过去，孤独和寂寞接踵而来，我想这种孤寂感受也在保护着我。但如果一个人变得自闭，就很难再摆脱这种状态，会无法自控，觉得所有的感受都非常粗暴，到最后只剩下痛苦。

　　但我依然发现这份寂寞能把我带离苦海。当你决定彻底拥抱这份感情时，就意味着你切断了和所有谎言的关系，从所有那些能让人回首的事物边上逃开了。所以只有孤寂能才还我尊严,也只有孤寂能才消除我的悲苦,我将自己从人群中孤立出来的原因,其他的人没有办法理解,当然,也可能是我没办法接近其他人。这个世界满是聋子和瞎子,我只想从他们身边远远地逃开,不能让他们的病症传染到我身上。

书商是对的:我是匹狼。像一匹狼一样悄悄地沿着那堵分隔了自我与本我的薄墙潜行着。我是从哪里读到这句话的?像一匹狼一样悄悄地沿着那堵分隔了自我与本我的薄墙潜行着,这正是我在这战后十年间的写照。遗世独立比让人挂念好得多,只是最后再没人会在乎你的死活。比如说去面包店里,仅仅比划几下就足以让店员理解,如果你不愿意说话,他们也不会来和你交谈,所以不再开口的我成了名副其实的哑巴。夜幕降临的时候,我还常常能听到脑海里有个声音叫我直接从高楼上跳下去了却一切,这个时候我就会盯着墙上的裂隙,想象那声音生在裂隙边上慢慢地爬着,直到最后逐渐消失。我的孤独是片沙漠不假,但却滋润着我,给予我新生。在当哑巴的日子里,我常常能感觉到太虚,并坠入其中,却没因此倒下,相反这让我在不断挣扎的生命之中获得了喘息。

我提起过,像这样在纽约街头闲逛以排解心中的压力的行为,已经持续了好几年,但是我的孤独并没有增加,甚至还和缓了不少。这大概和我大量的阅读有关。我把许多下午和傍晚的光阴消磨在了图书馆里,主要是在纽约公共图书馆,我在那找了个固定位置,每次都坐在同一张椅子上。这不算什么受苦,毕竟这些图书馆冷气打得恰到好处,而且可以供我闲逛间驻足阅读的书册也不计其数。至于失眠症,后来我把失眠的开始阶段叫做蜘蛛时刻,你没有办法和这蜘蛛较劲——如果蜘蛛让你恐惧,那么你的恐惧就是蜘蛛。你只有先成为这只蜘蛛,成为你的恐惧本身,然后通过一条在自我心中打开的通道,然后才能置身事外一般,抚慰自己那部分尚未被伤害的心灵。

　　战后关于大屠杀的书籍也像雨后春笋一般地冒了出来。在纽约公共图书馆里,可以大量翻阅它们。我读得很慢,需要时刻保持注意力,因为再读到自己经历过的内容,常常会觉得胃里面翻江倒海。它们就是蜘蛛,我不得不提起勇气才能让自己在继续读下去的同时不陷到里头。这份窒息感会缠绕着我,即使是合上书页返回旅店依然如此。我常常在黑夜中睁着眼睛,痛苦地忍受着喘不过气的感觉,直到半夜时分情况发生变化:那些阅读过的文字渗进我的血液之中——我没办法像大多数人那样,将文字与自身割裂开来看待。相反,这些文字就活在我体内,我能听到它们的低语。而且,当一个人不再对最糟糕的幻觉加以抵抗时,就会看到一些古怪的景象:你会看到文字从地面升起,在黑暗中滑过,再沿着墙攀爬到那个我喜欢的裂隙,然后向着屋顶窗户伸展,最后会穿过窗户进入到新鲜的空气之中。在那个裂隙口上,我觉得自己也成了文字的一部分,扶摇直上,直达云霄。这种体验是只有孤独才能教会你的。

深夜时分有这样的感受不无坏处,我想就是它保护了心中的希望之光。在耶路撒冷的大屠杀历史博物馆里,一个拉比是这么告诉我的。当时我刚刚被授予"民族义人"①的称号。但我觉得自己始终没能成功拯救那些人,反而从战争开始一直处于不断失败的恶性循环之中。不过这个拉比却告诉我正是夜晚的失眠保护了我心中微弱的光,而我一直在找寻的就是这道光之上的东西。按照这个拉比的说法,我生活在暗淡的希望之光中。就算我没能送出自己的信息,就算依然携带着它,就算成为了一个见证人,我依然在等待着发表证言的时刻。他说,生命会终结,然而消息永不灭。我的悲痛本身就是对过去、对自己的最好保护,不妨让它继续回响在虚空之中吧。在孤寂之中我所听到的没人想要知道的消息,天长日久后,已烙进了灵魂深处——我像是神圣的献祭。而被这消息变成了祭品的理由,就是因为我为了传达它们而不顾一切。这些就是我刚刚在大屠杀历史博物馆里被人们称呼为"民族义人"后,拉比对我讲的话。

———————————

① 以色列官方头衔,授予纳粹屠犹期间冒生命危险营救犹太人的其他民族成员。源自《塔木德》的习语:各民族之义人会在来世拥有一席之地——译者注。

　　但在战争结束这么多年之后,我的生命却越发地坠入黑暗。尽管为了保全自己的灵魂,我勇敢地面对着它们,但阴影仍然在一点一点吞噬着我。可以说长久以来一直是失眠保护着我的记忆,因为我害怕在睡着时会忘却了那消息。战争期间穿越前线的时候我也很少睡觉,虽然说也有出于安全角度的考量,但总的来说是担心苏醒后会忘记了要传递的内容。现在战争虽然已经过去了这么久,但积习难改,我还是会在黑夜中保持清醒,几乎很难回忆起有哪天是睡安生的。当然了,人们的大脑中都充斥着各种各样的回忆还有数之不尽的记忆碎片,但那逼得人不断地去讲演、去号召、去呼喊的极端经历,却能使得人无法入睡。想象一下,你的眼中出现了苍白的裂隙,不断蔓延滋长,如同雨季郊外的杂草一般向内部深入的感受。这就是我的不眠之夜。

　　当这种雨季出现时,静下心,我就能听到钟声。侧耳倾听,那是童年时罗兹的钟声。如果你竖起耳朵凝神细细分辨,在一片漆黑的晚上,在失眠难熬的状态下,在雨中的每一刻,都有钟声在遥遥作响。不管是在波兰还是在纽约,无论身处盖世太保牢房还是布鲁克林区的旅店,快乐也好悲伤也罢,遗世独立或者被人众星捧月,都一样,你可以听见钟声。

　　上帝死在奥斯威辛了吗?我曾经被这么问到过。但我无法回答。对于被他人抛弃这种事,从来不会有答案,而欧洲犹太民族所经历的,更是登峰造极前所未有。他们不但被人类抛弃,也被上帝抛弃。欧洲犹太人是史上被留下来等死的最大人群,而追溯历史,他们也曾自我流放,被自己的族群所否定。我拥抱孤寂的决心也能算是向这自我流放致意,因为它们在某种程度上非常接近:不放弃正在被屠杀的欧洲犹太人,以及对死者的不离不弃。我想只有被抛弃的人才真正能理解抛弃本身吧。

　　沉默这么些年的理由,不光是因为自己没能把那消息传递出去,没能阻止大屠杀,也不光是因为这个世界没能成功地拯救犹太人。而是……这么说吧,我荒芜的内心是墓地,在里头,屠杀和上帝——如果他真的存在的话——只隔一尺之距。而在他们之间寂静的虚空中,有一席之地容我在那里为他们哀悼。这份哀伤很难抵抗,我甚至让自己被它占据,直到彻底化身成了伤痛本身。我想,这场屠杀,这场杀死了数百万犹太人的大屠杀,已经抹掉了上帝存在的可能。或者说,根本就不存在一个慈悲的、拯救众生的造物主。这场屠杀面前只有两个可能,要么上帝不存在,要么上帝不仁慈。

　　不但如此,我认为这可能不存在的上帝还诅咒了人类。这不仅是因为在他的无能和大屠杀的穷凶极恶间形成了极大的反差,还因为在失去力量的同时人类却依然保有道德上的负罪感。也许上帝也在哀悼自己,最终陷入了沉寂吧。

实际上,我甚至都不知道自己在想些什么。毫无疑问,什么也没有。天旋地转的脑袋里有个声音问我:究竟是哪个上帝?基督教的上帝?还是犹太人的?对此我也回答不出。这问题对我来说太大了。尽管我曾被困扰多年,但这问题本身却在失去其意义。是谁的上帝又能如何?如果没有真正遭人抛弃,你就无法理解这样的哀悼:人类没能阻止屠杀,就如同在另一个层面,我们无法阻止上帝执行这一切,或者阻止他离开。大屠杀的悲痛已经改变了世界,也改变了所有人的未来。

在这些年的沉寂间,我对弗兰兹·卡夫卡的理解愈发深入。我很快就喜欢上了他的兄弟,约瑟夫。他和我有着一样的姓名缩写:J. K. ①,这字眼几乎就代表了流放。当时这位卡夫卡也听说了我,他是个消息灵通人士,这方面无人能出其右。我这辈子中和他交谈的时间远比其他任何所谓的名人都要多得多。这大概就是所谓的物以类聚,因为他也是一个信使。而信使们都是这样一类人,在找寻愿意倾听也能够理解消息的人时,发现世界其实是块陌生的土地,他们在其中迷失了方向,直到最后发现只能把所携带的消息深深地埋藏起来;因为恐惧,众人对这些信使关闭了那扇

---

　　① 约瑟夫·卡夫卡(Joseph·Kafka),扬·科尔斯基(Jan·Karski)缩写都是 J. K.——译者注。

名叫"理解"的大门,而其他让大众意识到和接受真相的道路又太过遥远,甚至漫无止境得让人绝望。

　幸运的是,我在这里和宝拉偶遇了,彼时我刚刚正式成为美国公民。那是在1953年,我正在走出阴霾,重新学习,还接到了去大学任职的邀请。我的名字是扬·科尔斯基,至少护照本上这么写,但这名字无法代表我的过去,我无法改变的过去,它和美国的重罪紧紧地联系在了一起,所以在余生之中,我依然坚持使用着地下组织时代的假名,或者说,那才是我的真名。我,扬·科尔斯基,前波兰地下抵抗组织信使,退休的大学教授,在流浪了这么多年之后,重新又开始了正常的生活。我每晚都会去百老汇,因为歌剧深得我心。我还喜欢电影演员弗雷德·阿斯泰尔①和金·凯利②。现代舞也让人着迷,实际上正是在一场欧洲舞蹈团的表演中,我认识了宝拉。当时,她和十多个来自英国、波兰还有法国的人在一同演出,跳的是勋伯格③的《升华之

---

　①　弗雷德·阿斯泰尔(Fred Astaire)本名菲德利克·奥斯特利兹,美国电影演员、舞者、舞台剧演员、编舞家与歌手。影史上最具影响力的舞蹈家之一——译者注。

　②　金·凯利(Gene Kelly),美国电影演员、舞者、制作人、导演与歌手,注意不是金·凯瑞(Jim Carrey)——译者注。

　③　阿诺德·勋伯格(Arnold Schoenberg),奥地利作曲家、音乐理论家、教育家、画家、作家,犹太人,1933年被纳粹驱逐,后定居于美国——译者注。

夜》。甫一开场，就有个舞者出现在这个格林威治村的小舞台上，一袭黑衣旋转着、跃动着，动作让人心情愉悦。从那时起我就爱上了宝拉。

宝拉吸引我的地方是她的孤独气质，这是从她身上自然而然流露出来的。在那场演出中，这女子舞蹈的动作都像是在对抗着要将其吞噬的深渊，我也是在那时理解，想不被长久以来困扰着我的阴影吞噬，唯一的办法就只有爱。只有像爱这样的存在才能抵抗深邃的黑暗，这也许是因为爱也可以深沉，像孤独一样深沉。那天晚上在返回房间之后，宝拉·奈伦斯卡向我做了自我介绍，她的微笑触动了我的神经——失却一切却能将其看淡的笑容，那一瞬间我发现居然会有别人能向我坦诚自己的孤独和内心，并且将它们彻底展露面前。当然，这种体验只是一瞬间。但如果还能再让宝拉敞开心扉的话，她也许就会把自我封闭这个深渊转化为称之为爱的东西。

总之那天晚上聊得非常开心，我的还有宝拉的朋友们欢聚一堂。在高谈阔论之间，所有人都展露着他们的笑颜，终于抛下了沉重的过去。宝拉·奈伦斯卡那晚上一直注视着我，我也回望着她，我猜她的过往不会轻松愉悦，而她也这么推测着我的身世。在四目相交的一刹那，无论曾经的岁月多么糟糕，展现在我眼前的都只有未来，这正是我们想要的：未来——永恒。

　　宝拉从八岁起就开始学习跳舞,那还是在克拉科夫的学校中,后来则转入了公立音乐学校,在纳粹的第一次反犹举措实施后,便去了伦敦,现在则组织了一支小剧团在纽约演出。宝拉看上去就是个皮肤苍白的可人儿,金发碧眼,体态羸弱,举手投足之间都带着神秘的高贵风度,连话语都优雅谦和。在我眼中,她同时是纽约和波兰的缪斯的化身,前者是先锋艺术的前卫,而后者代表了古典审美的雅致。当聚会进行到高潮,有人开始吟诵起密茨凯维奇①的诗歌时,我们都流下了泪水,但这并非为波兰而哭泣;实际上正相反,我们是在为能在这里相见而感到欣慰,在远离了自己国土的地方。

　　随着聊天的进行,我说起了伦勃朗的《波兰骑兵》,宝拉说她也知道这幅画,就在离中央公园两步路的地方,弗里克美术藏馆里。对我而言,那是世上最漂亮的画,可是这画所阐述的情感是我们两人所共有的吗?伦勃朗知道快乐的人无法体会画中人的孤独,但画中孤寂气氛中蕴含的神秘却可以将孤独的人拯救。你必须要去看看那个骑兵的微笑,我对宝拉说,她当时正坐在背光处笑着。我没敢告诉宝拉,她的笑容和《波兰骑兵》的笑容如出一辙,不过至少鼓起了

---

　　①　亚当·密茨凯维奇(Adam Mickiewicz,1798—1855),波兰浪漫主义的代表诗人——译者注。

勇气,邀请她在任何愿意的时候与我一同去欣赏那幅画作。

这天来得很快。那日我在中央公园的一条长凳上等待着她到来。榆树叶在这个和煦的秋天已经呈现出一片红色,阳光像一条条懒洋洋的溪流那样从叶缝间倾泻到地上,这时候宝拉来了,她显得非常自然,就仿若我们已经一起同居了若干年似的。美术馆中,我们心无旁骛地一道走向了那个荷兰画家的《波兰骑兵》,而这画作的热情也感染了我们俩,宝拉对着这幅画认真地欣赏了很久,一言未发。她在微笑,我也跟着翘起了嘴角,而骑兵的笑容,更是一副亘古不变的样子。我为宝拉指出骑兵帽子装饰羽毛上的小小斑点,她立刻就联想到了波兰所流的血,还有历史上为了独立所进行的那些卓绝抗争。还是在骑兵的帽子上,就在黑羊毛辫子下面一点点的地方,我们还可以辨认出一顶皇冠的踪迹。看着风度翩翩的骑兵,我们不禁问起来,波兰历史上有过这样的王国么?这一定不是古代的波兰,应该是我们更加了解的时代,感觉是个伸手就能触碰的年代,一个王权不再,但人们却能享有自由的年代。

离开了美术馆,走在通向中央公园的道路上时,我向宝拉求婚了。我们对彼此所知甚少,但在刚刚过去的几个小时中,却有已经熟识了几生的感觉。大概刚才不只是我们两个在看那个骑兵,他也在看着我们吧。在他眼中,这大概就是一对情侣了吧。想来很奇特,这个波兰骑兵把我们凑成了一对,就像是教堂的神父在举行婚礼。所以突然之间,我向宝拉求婚,而她只是回了我一个淡雅的微笑,就像她在跳舞时露出的,就像伦勃朗的画中所展示的那样。感谢那个微笑,她没有直接回答我说"好呀",但我依然知道了她的答案。此处无声胜有声。

结婚之后,我在她耳旁提起了这事,说当时只是一个微笑,她就答应了我的求婚,这个让我心领神会的笑容,就像是舞蹈时她身体里溢出的,在微张的纤手玉足之间的,在纠结缠绕的金发之间的容姿。宝拉也笑了,她自己也清楚地记着那天的情形。

开始在乔治敦大学任教后,直面学生们的讲课让我很愉悦,随着时间的流逝,我越来越体会到拥有听者的乐趣,说话的信心也逐渐恢复了。在对学生话语的理解中,就像十年之前在美国全境旅行的讲演那样,我不单单是恢复了话语输出的能力,也重新学会了倾听。教学将我从孤独中解放,逐渐摆脱了命运的不幸。甚至意识到这点的时候,我也是在和学生对话中。此外,精神状态也是逐渐从无法凝神转换到了能够静心思考。我不再重提过往的灾难把自己视为受害者,而是更多的从一般的经验角度审视自己,或者把这段历史和20世纪,换句话说这罪恶的时代联系起来进行换位思考。

实际上,"人道主义"时代已成了过去式。这个词很难拿捏,我有时候甚至会告诉学生根本没人能正确地使用这四个字,因为这词常常成为最邪恶暴行的托辞,不管是在西方社会还是在共产主义社会都没什么区别。"人道主义"的词义在 20 世纪混乱不堪,它几乎成了骗子们的专用。我们甚至没办法去讨论"反人类罪"。60 年代艾希曼在耶路撒冷受审时,他就被安上了这个罪行。这罪名暗示了有部分人类引起了这场暴行,有另一部分人无需对此负责,但这是一场全球性的浩劫,在犹太人被屠杀的事件当中,需要负责的不止是纳粹,盟国也难辞其咎。

虽然很高兴能够摆脱自闭状态,不过在乔治敦和哥伦比亚大学讲授现代史时,有些东西还是会萦绕在旁:授课的时候,感觉很类似曾经的不眠之夜。我常常会想到卡夫卡的文章,把他一句诡秘的话时常挂在嘴边:"远方,很远的地方,这世界的历史正在显露,那是你的心路历程。"这句子不但适合我,也适合学生,当然你也一样。我们总觉得世界的历史是一种很遥远很模糊的东西,与当下没有什么关系,只有到最后才终于会明白,那其实就是我们心路历程。在那些夜不能寐的晚上,在我讲课的时候,从心头涌上来的正是这些。

第二次世界大战的历史也是人性沦丧的历史。在讲课说到核心内容的时候,那就不仅仅包括了战略决策、大小战役、时间日期和外交手腕,等等,更重要的则是战争的恶行本身,但每当这个时候,学生们就会抬起头,抱住膀子。我想知道,停笔抱膀是因为他们对我的说法并不认可吗?是表示抗议吗?还是说,刚好相反,是因为他们听到了一部分寻常课本和讲师不会提及的内容,一部分真实?这种时刻他们放下笔头的理由究竟是因为这内容引不起他们的兴趣,还是因为他们早已把这牢记于心了?我始终不知道答案,尤其是在这种时刻,从来没人敢打断我的讲话,而下课后学生们也不会过来找我讨论此事。

举个例子,每年我说到纽伦堡审判,分析着整个审判的程序,从而解释盟军是如何在其中将他们自己洗白的时候,总有那么一个时刻,大家都停下笔记。在这场审判中,我说,从来没人质问盟军为什么总是采取消极态势。这是场被美国人精心准备过的演出,很大原因就是为了掩盖盟军在欧洲犹太大屠杀上所应当负有的责任。当然纳粹是一个邪恶的党派,我说,是他们建造了毒气室,是他们抓捕了上百万犹太人,是他们断粮,殴打,强奸,酷刑,毒杀和焚烧了那些犹太人。但纳粹所犯的罪行不能使欧洲的其他国家清白,不能使美利坚合众国清白。就结论而言,纽伦堡审判不但宣判了纳粹的罪行,还同时印证了盟国的清白,德国成了另外那些国家的替罪羊。我这么说的时候,学生们就在下面抱着膀子,沉默地听我述说。

你不该相信那些集中营在 1945 年被解放,我说,也不该认为我们在 1945 年赢得了战争：1945 年我们篡改了记录，1945 年我们抹掉了自己犯罪的证据，1945 年我们投下了原子弹。就在这一年，仅仅相隔几个月，我们让广岛和长崎生灵涂炭，而在纽伦堡，居然没有一丁点对这行为的控诉。所以，1945 并不是战争的终结，我对学生们说，而是 20 世纪最烂的一年，史上最大的犯罪记录被篡改的一年——有些人拼命地洗脱了干系。而犹太人大屠杀，也不应该是反人类罪，相反可以叫人类罪——只是我们不这么叫罢了。将罪行定义成反人类罪就是说有部分人可以无辜地被排除在审判之外，而人类罪则指向了人类本身，即整个人类都涉及到了其中；之所以这么说是因为在这屠杀之中，我们彻底丧失了可以被称之为人的品质。这点须当牢记，犹太人大屠杀之后，再无人性。人道主义早已成了肮脏的词语，我们不能再用它来赦免自己。

斯大林的死对我触动也不小，我还清楚地记得死讯的宣告是在 1953 年中的一天。我为此专门买了瓶香槟回房独饮，止不住地泪如雨下。独酌的同时，我还哼起了关于伟大波兰的一首小调，那是我父亲教会我的。他也是个老兵，参加了 1920 年的战争，那一次，波兰也被红军所击溃。这调子算是一种告慰，是对我那些死于斯大林清算之手的同事，没捱过古拉格生涯的朋友，还有丧生于卡廷的伙伴的安魂曲。我唱道："波兰尚未消亡，因为我们一息尚存。"斯大林死了,我们还活着。

那时,卡廷惨案是宝拉和我常谈的话题,因为我们都有朋友死在了那片森林中,且彼此都认为,这个世界迄今为止依然没有还那些波兰的社会精英们一个公道,屠杀的真相依然以复仇的名义被掩盖在迷雾之中。

1940 年 4 月到 5 月之间,按照斯大林的政策纲领,超过两万名波兰社会精英被苏联内务人民委员部处决,他们之中有四千人被卡车送往临近斯摩棱斯克、距离白俄罗斯三十公里处的卡廷森林,在那里遭到脑后枪决,尸体则被丢进了乱葬岗里。他们甚至并非军人,而只是一群平民。这些知识分子、医生、科学家、律师、工程师、牧师以及教师都是在 1939 年 8 月遭到突然逮捕的。斯大林和贝利亚通过这些人的死,毁灭了波兰的社会创造力,夺走了波兰未来的希望。

我在克泽拉斯尼亚集中营见过他们中的一部分,那是苏联用来关押波兰囚犯的八个劳动营中的一个。本来如果没什么变故的话,我也会脑后吃上一枪子躺进卡廷坟堆里。幸运的是,我对苏联看守说我从军前只是个工人,参与了战俘交换计划,才有机会逃出生天。1940 年 5 月 5 日,斯大林、伏罗希洛夫和贝利亚批准了对波兰俘虏进行处决的文书,在文书中,波兰被描述成"恶毒的,无法加以改造的敌苏联国家",需要以"反革命"的名义彻底毁灭。

卡廷大屠杀是对阶级敌人的清理:对苏联来说,波兰永远都是地主阶级。斯大林,和其他的混蛋一样,对贵族们恨之入骨。我这里说的并不是血统论,我父亲本来的职业也不过是打造马具。我说的是《波兰骑兵》。所以在犯下这样的滔天罪行后,苏联却始终假装对此一无所知,不承担任何责任。直到几乎五十五年之后,鲍里斯·叶利钦执政之时,才向世界宣告了真相。当时苏联政府嫁祸于纳粹,而全世界也选择了相信他们的说法。真相之所以被如此简单地人为掩盖,是因为战时盟国需要盟友而不敢得罪斯大林,故意声称这只是纳粹方面的宣传;而战后,苏联则成了东方霸主,对于自己兼并的土地上所发生的事件,他们有权任意涂抹真相。1945 年战争结束后,因为西方国家没有能力与苏联起冲突,所以在纽伦堡审判的时候,对卡廷事件的调查也最终以"缺乏证据"而不了了之了。

有个故事,我每年都向学生们讲述,因为我知道这会让他们停笔抱膀。这个故事的主角是乔治·厄尔上尉,他于 1944 年接受罗斯福的命令去卡廷进行调查。厄尔接触了大量的相关资料,在保加利亚和罗马利亚进行调查的时候,他发现尽管被竭力掩盖,但确实是苏联而非纳粹执行了这场大屠杀。但罗斯福否定了他的调查结果并将报告束之高阁。厄尔依旧坚持着他的发现,结果罗斯福警告他最好放弃自己的想法,最后干脆把这个钉子户调离到了萨摩亚群岛任职。在正式的声明中,罗斯福严肃地声称卡廷惨案"只是一场宣传造势,纳粹的阴谋诡计","已经证明俄罗斯人没有参与其中"。

事情到了今天,让我难以入睡的不再是这个谎言,而是萦绕耳际的亡者之声。我闭上眼睛就能听到那些死在卡廷的战友对我低语悲歌:他们是在恳求我吗?这些阴影逐渐地吸收着我记忆里的点滴,而我不能就这么睡去让自己沉沦。我会挣扎着,不让黑暗吞没这一切。和往常一样,我在夜半时分叼着烟独自沉思。到凌晨三点左右的时候,宝拉起床喝水,然后也坐到沙发上。我们会一起从起居室的窗户里看着外面的自由女神像,然后她才回床休息。

背诵起那些死者名字的时候,脑海中会有一道光从卡廷的松树林间的缝隙处打下。那是他们的幻影照亮了夜晚:随着文字的闪耀,我的朋友们走向生命的终末,他们马上就要死亡;抗争,逃跑,唱歌,道别。接骨木、李子树还有桦树在夜风中微微颤抖。我看到战友们跌落沟渠,膝盖弯曲,身体倒倾。我唯有继续吟诵着他们的名字:在话语未落之前,他们便依然鲜活地浮现在眼前。也许只有这喃喃的话语才能阻止这些名字的拥有者消亡。

想要抹杀掉人们的存在是不可能的,因为人的生命不仅属于自己,也属于其他人,即使肉体已经灰飞烟灭,但因为做过的事,他们会依然继续存在于别人的脑海中。我现在就能很清楚看到那些契卡警察的身影，身着套筒衫，在卡廷四月的灼人阳光下，在沟渠边上挥汗如雨。他们已然厌倦了处刑，毕竟满地都是层层叠叠的尸体，还整日里都得重复相同的动作。暴行总是令人厌烦，只有依赖伏特加的酒精刺激，这些人才能继续动作。我还能听到萨特在宣布："所有的反共分子都是畜生"，这语调令人作呕。我想知道，对萨特，对所有西方国家道德高尚的人而言，华沙起义中所有的平民和士兵是否都是畜生？我那些殒命在卡廷的战友兄弟们是否都是畜生？还有，倾尽全力想去拯救男人们和女人们逃离大屠杀的我，是否也是畜生？

　　当然，像萨特这样的人很清楚，而且是一直很清楚什么才是人类的尊严。他们没有当畜生的可能，永远也不会处在自己话语里那种畜生的立场上。这就是为什么波兰人，或者我口中所说的波兰人，其实是指那种没有话语权的少数派，生活在波兰与否倒只是个无关紧要的问题。纵观一生，我也始终处在相同的语境中：一个异见者。如果真要做个总结，那么这些人身上都有相同的特点：一个波兰人，和他究竟是哪国人没有关系，关键在于他得是一个异见者，一个少数派。

　　70年代的时候，有个学生发现了我很久以前所写的书，拿着影印本在下课后找了过来。我不但感到惊讶，简直有点惶恐：我以为这么老旧的书现在已经没人能找得到了，或者说应该再没人会对此感兴趣。我自己当然不会忘却其中的内容,但它们来自如此遥远的过去,来自没人相信、拒绝接受真相的年代。后来通过这个学生,我的事迹在校园里逐渐流传,有更多的学生想要听那曾经的"冒险经历"——至少学生们是这么称呼的。在学生们找上之前,扬·科尔斯基不过是一个波兰籍的老教授,与众不同之处不过是至今没拿到驾照,所以是学校里唯一一个搭公车上班的老头儿而已。但从这一刻起,人生就发生了变化:终于有人开始鼓励我去讲出曾经的那些事情,而他们是我的学生。学生们简直不敢相信这老头能把过往隐藏得那么深,从1945年之后对此事几乎只字未提。他们倒是能够理解我保持沉默的理由,但正如他们所言,我是个"证人",是那种我在自己课上说到的非常人群:不是幸存者,而是见到了一些从未发生过的事件的人,应该把自己的见闻公之于众的人。

在学生们看来,我不能就这么从历史中抽身而退,而应当承担起自己的义务。证人不单单是人,还包含了证据这条固有属性,一旦成为了证人,就得背负起这一切,不断地去宣告真相,因为这关系到全人类的福祉,已经不单单是个人的抉择了。

是学生们重新使我活了过来,我对克劳德·朗兹曼说。那是在1977年,克劳德当时写信邀请我参与一部关于欧洲犹太人大屠杀的纪录片。在形容这部片子的时候,他用了一个希伯来语——shoah——意即"浩劫"。这个词比美国人至今仍然在使用的"大屠杀"要合适得多。我认同他的看法,"大屠杀"隐含了牺牲的含义,好像发生在犹太人身上的事情是对他们的惩罚。但犹太人既不是被惩罚,也不是做出了什么牺牲,而是在被整个的种族灭绝。克劳德·朗兹曼说这部片子,就是给被害者、见证者还有刽子手们一个发出自己声音的机会。

　　我没有当时就答应他的请求,因为要说出那些过往无疑会带来极大的痛苦。好不容易捱过了这三十年,我可不想再体验一次重回当初的感受,更别提当着摄像机讲述,就简直就像是剥去自我保护的外衣,赤条条地回到那个地狱里去让阴影吞噬内心。我为此已经付出了数载的光阴,现在还要我再来一次吗?宝拉知道了这事,为我要承受的折磨而倍感揪心。毕竟述说那些文字就是将伤疤血淋淋地撕开,而且这不单是我的伤疤,也是她的——宝拉所有的家人都死在了大屠杀中。克劳德·朗兹曼强调了他的目的,我却还是继续犹豫着。当天半夜沉思时,宝拉过来拿走了我的雪茄,猛吸一口,然后在缓缓吐出的烟雾中对我说,那些伤口至今尚未愈合,而且也永远不会愈合,相反忘却这种伤痛才是最最可怕的事情,因为随着伤口的愈合和逐渐消失,会让世人也慢慢忘记曾经发生的一切。如果我能把这些事告诉克劳德·朗兹曼,宝拉对我说,如果我能再重复一次华沙聚居区两个犹太领袖的话,再描述一次聚居区里的惨状,还有这些欧洲犹太人是如何被世界遗忘、留下来等死的,如果我能把这些都在镜头前说出来,她会为我感到非常骄傲。

感谢宝拉,那天晚上我才明白长久以来携带的消息的含义已经改变了:重述往事便是对故人无上的致意,也是给宝拉家人的最好慰藉,而我自己,就某种方式而言,也是她家人的一员。通过这个故事的重述,我会回到欧洲犹太人命运的核心处,沿着这些话语交织而成的命运之网,进入到灵魂的最深处。而且自从遇到了宝拉,我和大屠杀的关系又更深了一层:我不单是个信使,更成为了这信息的一部分。在那段遗世独立的时光里,我阅读过大量犹太民族的思辨文章,然而和宝拉的相遇才让我真正理解了这些内容,甚至让它们融入了血液。这段在我们爱情背后的独特冥思,让我成了一个与众不同的人。我依然是个天主教徒,不过与此同时也是个犹太人,一个犹太天主教徒。

那天在和埃利·维瑟尔①交谈的时候,我告诉他:“我是个犹太天主教徒。”然后就直截了当地谈起了我的心路历程,孤独感,以及怎么通过背诵那些死者的名字来把自己从

---

①　埃利·维瑟尔(Elie Wiesel),本名埃利瑟,作家、活跃政治家、大屠杀幸存者,曾获诺贝尔和平奖——译者注。

深渊中救赎,除了我们彼此,没别人知道这救赎还有我一直在说的那些词句到底有什么含义。

在犹豫怎么给克劳德·朗兹曼答复的那段时间里,我对自己的灵魂进行了一番好好的剖析才说出了这番话。我明确了自己的信仰,但那和我曾经经历过的事情一样,没有办法用言语进行准确的描述。我是个在这世上有过许多冒险经历的天主教徒,但是我想要表述的又和基督以及我曾经的工作没什么关系。随着时间的流逝,信使已不再是一时的工作,而成了我的灵魂。就和我上面提及的一样,我的信仰很奇怪地混合了天主教与犹太教因素,它们交织成了一团。我甚至觉得混合后的产物和这两者都截然不同,想要对此下定义根本是白费功夫。在我身上发生了一些什么,我倒是希望有谁能够一窥其真面目。

在从 1945 年至今的漫长岁月里,消息没有给能给我什么保护,但我也没有选择将它遗忘。只是一如既往地继续背负着它,而其内容亦是记忆犹新。这当然是因为它始终在我头脑里不断地盘旋反复,造就了我长久以来的孤独。每个夜晚,它们都会不断地闪现,所以我没有将它遗忘的机会。有时候我甚至觉得自己因为传递消息的缘故,成了这个世界上最孤独的人,不过同时也多亏了这条消息,让我不是在独自前行。

1978 年 6 月,我收到了来自克劳德·朗兹曼的一封

信,信中他写道:他很同情波兰人民的遭遇,如果有谁应该
对犹太人之死背负起罪责的话,那也不应该是波兰人,而是
其他的西方列强。他甚至跟我提起说他在最近的旅行期
间,发现了波兰人民当初是如何奋不顾身地拯救犹太人的。
再加上宝拉对我说的一席话,这一切让我最终下定了决心,
我告诉克劳德我愿意参与。最终在这一年的晚些时候,克
劳德和他的班组花了两天时间在我的公寓里进行了采访。

　　宝拉无法承受这样的心理压力,在拍摄开始时终于选
择了避开。我们听到她汽车点火的声音,直到月明星稀时
分才再见到她。我自己呢,在采访刚开始的时候也陷入了
类似的恐慌,不由自主地从镜头前逃开。回到那些个实际
上从未离开过的地点让人非常恐惧,我用了许多年才让自
己不去回想那段时光,没错,就是克劳德·朗兹曼镜头对着
的这张长沙发,每晚我就坐在这里重回往昔,这是信使的磨
难,也是责任。所幸克劳德·朗兹曼和他的那个团队非常
有耐心,也能理解我的心情,所以历时八小时的讲述之后,
最后我和盘托出了一切。

　　《浩劫》最终上映于 1985 年,这部影片值得推崇,是当
之无愧的大师之作。我被影片深深地震撼了,彼时的情景
在其间被重塑,而那一切,正是我在 1942 年在华沙犹太人
聚居区的的所闻所见。那时的感受存留至今,实际上我写
书想传达出去也是这个。我还能看到华沙会面的残破老

屋,那两个犹太领袖的恐惧神情,还有他们在瓦砾之间来回踱步的样子。我们之间只相隔了一根蜡烛,摇曳的烛光让他们的神色愈加慌乱——他们濒临崩溃,找不到合适的词语来描述聚居区里的事,因为世上也的确没有能对应这种状况的词语。

在自己的书里,我对这次会面没有进行翔实的描写,因为我不想人们把那两人看成失心疯。实际上他们既不疯,也不傻,反而很清醒。

而在克劳德·朗兹曼的镜头前,我才真正体会到了当时那两人的感受,他们的绝望推着自己不停地往下说。镜头前,我也想要尽可能翔实地述说他们的孤独和无望。不过,或许其实这根本不是我的意志,而是那两者将我作为传声筒在说话。感谢克劳德,最终整个世界听到了他们的声音,而这所讲的内容,你在阅读的字里行间已经了然于心了。

我不知道宝拉看完纪录片后对我的赞扬是否符合她的本意。但能够加入到这样一部片子的拍摄中的确让我倍感自豪。就在正片开始后几分钟,当看到西蒙·斯莱伯尼克[①]在海乌诺姆一条小船的船首上坐着唱起歌谣的时候,我的眼泪就止不住地要往下淌。宝拉和我一样,在这九个

---

　① 　西蒙·斯莱伯尼克(Simon Srebnik),纪录片浩劫主角,大屠杀幸存者,当时他只有 13 岁——译者注。

小时的影片播放时不停地擦拭着泪水,当我们走出影院时,她用一根手指封住了我的嘴唇,然后请求不要和她讨论这部片子。我答应了。宝拉曾历经浩劫,但我还是怀疑她被这影片又伤害了一次,因为尽管这片子无比伦比,其中却依然包含有对波兰不公的成分。我的采访在整部影片中被压缩成了四十分钟,这点克劳德已经知会过我,但是影片中关于我的部分没有涉及到拯救犹太人的行动,这完全改变了我的本意。克劳德只是截取了我描述华沙聚居区的一段话,却没有提到我将消息送往盟国的曲折过程和美国的不闻不问。克劳德曾对我说过犹太拯救问题会是影片的主题之一,不过看来在影片后期制作中他最终改变了初衷,把焦点放在了大屠杀本身上。这是有历史必要性的,因为浩劫的主题毕竟是反对大屠杀。

　　我怀疑自己可能是所有波兰人里唯一对这片子大加赞赏的,毕竟大多数波兰人都是在激烈地反对这部影片:克劳德·朗兹曼向他们展示的过往属于最不能接受的那种——让波兰人看起来好像是反犹分子。所有看过影片的人都记得其中有个波兰农夫,在克劳德面前,兴高采烈地说着他说怎么看到一列列装满犹太人的火车经过,并且朝那些犹太人比手势——他把手放到脖子上做了一个吊死的动作。有很多的观众据此把波兰的态度和这个愚蠢的姿势联系到了一块。虽然波兰国内的反犹人士的确会做出这个恶劣的举动,但如果就这么对波兰下了定义,依然是非常不公,因为那样就给人一种法国没有反犹,俄罗斯没有反犹,英国还有美国没有反犹势力的感觉。

《浩劫》在法国刚刚上映,波兰政府的雅鲁泽尔斯基将军①就要求该片立刻停止播放,这个民族主义者宣称这部片子是对波兰的攻击。而我立刻就站了出来维护这部片子。从走出华盛顿影院的那一刻,我就意识到这部伟大的作品已经完全超越了意识形态的角度,以简单的政治角度去评析它简直愚蠢透顶。多亏了克劳德·朗兹曼,我,还有其他许多的见证人终于可以让自己重回平静——因为我们的声音终于传递出去了。这之后,我和克劳德一起赶往耶路撒冷宣传这部影片,三天时间里我们彼此交流,是他指出,在以色列犹太人大屠杀纪念馆,授勋的波兰人远比其他国家的人多得多。

当人民批评波兰政府在大屠杀面前无所作为的时候,总是忘记了当时波兰已经被纳粹和苏联所瓜分,这不但意味着希特勒和斯大林正在压迫着这个国家,同时也意味着波兰自己的力量已经被打垮,无从进行大规模救援行动。

人们还忘记了,尽管境况及其艰难,波兰地下抵抗运动

---

① 切赫·雅鲁泽尔斯基(Wojciech Jaruzelski),波兰前总统,因其对异见人士进行拘留、监禁等违法的独裁行为,被现波兰政府判罪——译者注。

组织和流亡政府也依然竭其所能地把犹太人的遭遇告诉了盟国。所以放弃了犹太民族的不是波兰,而是盟国,对波兰谴责的结果便是反过来印证盟国行为的正当性。要解决大屠杀和它导致的一系列问题还有很长的路要走,这个问题必然会给未来带去深远的影响。

同样的,《浩劫》也属于未来:人们仅仅是刚刚开始去思考影片所揭示的内容。每天凌晨三点我照例醒过来,有时候会想象着那个衰老的年轻男人,西蒙·斯莱伯尼克坐着平底船沿着尼尔河前行。在摇桨人的边上,他像个孩子似的坐在船上放歌。画面如同他正在渡过冥河通向另一个世界。但也可以有完全不同的解读:这个人正穿越时空而来,他的歌声像是死亡的魔咒,而在远方那片苜蓿地里,他会在记忆中重生。这一段的拍摄地点可能是在切姆诺,距离我家乡罗兹五十五公里的地方。然后镜头伴着西蒙从一片松林中穿过,他停了下来:"是的,就是这地方。"这就是《浩劫》的第一幕;他们永远不会忘却。

虽然在克劳德·朗兹曼的摄像机前好好说了一番,不过"见证人"的使命看来我依然要担负下去。学生们是对的:如果你有什么要表达,就得不停地去尝试。1981年10月,美国大屠杀纪念协会在华盛顿召开会议,主持人就是埃利·维瑟尔,他多年前读过我的书,这次也在名单上偶然看到了我的名字。在会议上,我说自己已经成了犹太人,像我妻子那死在聚居区、集中营、毒气室的家族成员那样，所有被屠杀的犹太人都已经成了我家庭中的一员。

　　和埃利·维瑟尔的交谈也发生在这一天。他举止优雅又平易近人，让我很是钦佩。晚上聊天的时候他对我说，周遭的环境里多卑躬屈膝者，所以他几乎没跟人提及过其信奉的哈西德派①格言："以文释文，方能传承。"这席话让我大吃一惊，它给了我的恢复以最好的解释——因为导致沉默以及使我重新振作的都是那条我已经背负了多年的消息。当然了，这些文字还诸于我的，不光是承担见证人的责任或者为了牢记过去这么简单的事，而是更重大的，比封存记忆更深远的目标——我可以叫它重生：不断地重复往日的言语，是为了赋予亡者生命，就像是让余烬重燃。为实现这一切，死者代言人必须尽其一切之所能。我相信只要在不同的时间、不同的地点不断地重复这过往文字，说出的字眼本身也会烙印上不同时代的印痕，这痕迹会被带回讲述的文字中，最终让这话语成为永恒。

　　我想最后再说说那团阴影。有些东西无法那么容易就得到表达。质疑和不信的态度才是司空见惯的。不过这一次，我会试着说清楚。有一点我很明白，孤独使言语更有深

---

　　①　18世纪起源于波兰的犹太教分支，认为宗教重点不是教义而是道德，只有在生活上也虔敬的人才可担任圣职——译者注。

度。发生在我身上的一些事难以理解,而那正是我想说明的东西,因为是它在我的旅途中投下了光明,也许你的路途同样也被它照亮。这东西和伊兹比察·卢布林集中营有关,在自己的书中,我把它和贝乌热茨混同了起来。在进到那个集中营的当时我确实不清楚那到底是不是在贝乌热茨。地下组织的情报毕竟常常含糊不清。而我们打听具体地点也是靠了几个铁路工人,他们已经尽可能地指明了位置。我的向导甚至是集中营里的一个乌克兰守卫。他在听命于盖世太保的同时也私下里为波兰地下组织服务着。他说这里是贝乌热茨,而我也没法再去查证。当时是 1942年,我们谁也不清楚这个被纳粹藏身于密林之中的集中营到底处在什么地方。这个错误导致了史学界的不信任:其中一些甚至说我的行文前后矛盾,没有可信性。但是他们有没有考虑过这也受了时代所限?写书的时候战争尚在进行,我甚至不得不给一些人安上了化名:波兰地下组织的网络必须要得到保护。

至于向导的国籍问题,也是出于政治上的考量:依照位于伦敦的波兰流亡政府要求,为了与乌克兰交好,我在书的第一版中把那个守卫的国籍改成了爱沙尼亚人。

我很清楚走进那个集中营的决定简直愚蠢透顶。即使在今天看来,这个举动也是不可理喻。但我受到了那两个聚居区犹太领袖的激励,他们希望我的证言可信而翔实。

此举是出于同情心,虽然看上去是疯了,但事实就是这样。我看到集中营里的犹太人在烂泥地上挣扎着窒息而死。而纳粹正就地射杀他们。这些数不清的男男女女在挥动着他们的胳膊的同时放声尖叫。而我从他们的肢体中穿行而过。在那里,就在那些将死未死的人之间,我能感觉到他们的呼吸,能碰触到他们的手臂,我就在他们身边,而同一时刻,我又像身处另一个的世界,那里的人们能看着男人的躯体在旁边腐烂,在女人倒下的血泊中生存,在嚎啕爬行的儿童身边笔直地站立,这些孩子的脸上溅着母亲的脑浆。

我算不上受害者,因为我还活着,活在这个厮杀成性的世界里,紧紧地抓着自己的生命不松手。但我也不是凶手。我到底算什么? 世界已被大屠杀分割成死者和凶手的鲜明两半。在这漫长的岁月里,我一直努力不让自己也被扯碎,我不能与杀手的帮凶为伍,只能逃离那种故作不知的生活。世上有受害者,也有加害者,但更多的,是就在那里的看客,对于屠杀,他们只做壁上观。他们总是装作一副什么都没有发生、什么都没有看到、什么都不了解的样子。哪怕有人直面说起谋杀,他们也会否定说这是假消息,无论你距离屠杀是咫尺之遥还是远在天边,他们的态度一成不变。他们就这样在好好活着的自己和那些遭遇暴行正在死去的人之间划清了界限。我们总说是罪恶、是暴行导致了那些人的死亡,但这份罪恶偏偏就源自我们最稀松平常的现实生活,或者说,我们也是施暴者。

　　我还要告诉你一些别的,这些应当是最重要的事,我却正在逐渐将它们淡忘。此事我一直按下不表,是因为没有此前的铺垫你根本无从理解。准确来说:我遭遇了不可能的体验。那天在集中营里,我不但看到男人、女人、小孩都在被无情地夺取生命,实际上我也和他们死在了一起。说得更精确一点的话,我应该是在离开集中营后不久也死去的。当时我不知道集中营里的景象到底是什么,因为眼前的一切完全不可理解,目击到的那份恐惧会摄住人的心魄,并且把它冰封冻结。我坚持住不让自己在集中营里倒下是因为想到了华沙聚居区的那两个犹太领袖,还有对他们的起誓发言。那誓言救了我:聚居区犹太人,波兰的犹太人还有全欧洲犹太人都在等着我去传递消息以拯救他们,如果我真的倒在了伊兹比察·卢布林集中营里,就等于也抛弃了那些人。

　　和那个乌克兰守卫离开集中营走到树林边上的时候,我就无法抑制地狂奔起来。我想要呕吐,胃里反酸的感觉永不止歇似的直往上涌。这恶心的感觉是由于肉体还活着,而灵魂却已经离开了身体,并且再不能还魂的缘故。树林的另一边就是和地下组织成员约定的地点,我把制服归还给了守卫就往那屋子走去。已经有个波兰老地下组织的老成员在那儿守候我了。打开屋门后我再也无法忍受,就地狂吐,最后甚至昏厥过去。一定是那个老人把我扶起,又放躺在了屋后的栗子树下,因为我就是在那里醒来,而后死去的。

我不知道你能否想象这样的情形——你的存在崩塌了,由内而外地化成碎片坠入深渊,除了一束光,什么也没有剩下。那光又是如此遥远而暗淡,像是随时要被扑灭,而你的眼也是一片漆黑。这时候就有阴影缠绕住你,声声尖叫着。有幢幢鬼影在眼前晃来晃去,然后又感觉到自己身处树林之中,但是马上,一个旋转着的隧道会把你吸入林间。你看到阴影撕咬着它们的所经之处,然后自我吞噬,最后像浓重的黑云那样四散。你会感觉自己就好像是被挂起来的湿布片,只剩下痛苦:失去了肉身,却只留下灵魂不断的无,你会觉得窒息,呼吸停止。

那时我发现自己躺在栗子树下,身上被加了一块毯子。我还记得在夕阳下飘荡在树木枝叶间蓝色和橙色的迷雾,与此同时身体越发寒冷。周遭的一切纹丝不动。而我不能呼吸,心脏也没有跳动,倒是看到阴影冷笑着,从上方落下,弥漫四周。那时候我就应该死了。

但黑暗之中出现了个小点,像是被划着的火柴。然后这个光源离我更近了一些。显然我很幸运,我一直是个幸运儿,甚至还逃脱了死神的掌控。是的,小光点变得越发大,像是刚燃起的火堆。缠绕身体的阴影再无处容身,终于消散。我又一次活了过来。

编后记

　　我从事过许多与大屠杀纪念有关的工作,尤其是在美国大屠杀纪念博物馆工作期间,有幸遇到了许多超凡脱俗之辈。他们中有艺术家、作家、诗人、哲学家、诺贝尔奖和普利策奖的得主、工业巨头、知名科学家、著名影星、导演、制片人、各国总统、不同政府部门的部长、拉比、牧师、外交公使、大屠杀幸存者、援助者、抵抗者——还有许许多多正直和道德高尚之人。但可以称其为贵族的人,我只见到过唯一一个,他就是扬·科尔斯基。

　　他个子很高,在这个其他的老人大多已经是伛偻弯腰的年纪,站得依然笔挺。同时也非常削瘦,似乎吃下的那些食物无法化成脂肪堆积在体内。至于他的话语,总是经过斟酌一般精确而直白,给人威严和高贵的感觉。在我们初次对话时,他也是反复思量着自己的用词,最后把话题引向了将他彻底改变的时代,就是那段时光重塑了他今日的灵魂。从扬身上,人们可以感受出他曾经承受过怎么样的苦痛,背负过什么样的重担。他简直是信使的抽象化符号。

　　大屠杀研究的权威历史学家鲁尔·希尔伯格,出过一本叫做《加害者,受害者,旁观者》(*Perpetrator, Victims, and Bystanders*)的书,这标题就是对大屠杀经历者的简单分类。无独有偶,以色列历史学家耶胡达·鲍尔在大屠杀时代给出了世人三条准则也非常类似：

> 汝等绝不应加害于人；
>
> 汝等亦不应遭人屠戮；
>
> 然当务之急，汝等不应站在一边漠视旁观。

鲍尔是个睿智的人，他用这感情炽烈的文字告诫着人们不应做什么。我们可以从第三句话中解读出特殊的意味。它意味着人们应该去当大屠杀的拯救者与抵抗者——或者说站出来的人——而不是站在一边的人①，这两个词常被拿来做反比，就因为他们的行为截然相反。这段话话糙理不糙，能感觉到说这话的人对大屠杀痛心疾首，希望人们能伸手援助。

这些大屠杀救助者理应获得荣誉——实际上，以色列的司法机关也的确授予了他们"民族义人"的称号。不过如果有谁留心过这些人的证言，就会注意到在发言时，他们很少能维持住自己的常态，尤其是在发现这个早已遍布罪恶的世界里，人们对大屠杀毫不关心，或者干脆就无动于衷的时候。

我们教育后代时应当说，为了抵抗大屠杀，这些人做出了不懈的努力。瑞士史学家维尔纳·瑞恩斯把纳粹统治区

---

① "站出来的人"是 upstander 的直译，意即抵抗者。"站在一边的人"是 bystander 的直译，意即旁观者——译者注。

国家的抵抗运动划分为四类：象征性的抵抗，消极抵抗，积极抵抗，武装抵抗。越是早期的抵抗，越是需要勇气和纪律，这只有最果敢和谨慎的人才能胜任。而他们的敌人所采取的对策则是尽量让被占领区人民失去希望，毁掉个人的意志，还有操纵公众的舆论导向。人性的沦丧是其中重要的一步，放弃抵抗，对生命绝望的人总是比求生意志强烈的人好对付得多。

　　扬·科尔斯基就是这么一个生命意志强烈的人。他是一个信使，书名这么取非常合适。这个波兰地下组织成员把发生在他祖国大地上的事汇成消息，带到了流亡政府那里。这个不折不扣的波兰英雄，不但为他的祖国战斗，也成了遭遇最艰难时期的犹太人的喉舌。对一个单纯的消息传递人而言，也许承受这一切就已经非常困难了，但是扬·科尔斯基不属于这一类。就像你会在他的书中读到的，在犹太人请求他向世界传达大屠杀的消息后，为了让自己的话更有说服力，为了获得第一手资料，他毅然决定要冒着生命危险去犹太人聚居区作亲眼见证。

　　扬·科尔斯基的原名叫做德·盖赫。他哥哥是华沙安全部的官员，后来则成为了波兰地下组织高层的一员，通过他哥哥，扬接受了培训，接纳成地下组织的外交公使后，才开始使用这个化名。凭借其出色的记忆力，波兰的地下党利用他来为各种不同的人士传达特定的消息。也因此扬对整个环境了解甚多,虽然沉默寡言,但从他口中说出来的话语每每都非常重要。在被逮捕期间,扬也承受住了拷打,甚至决定割脉以保证自己不会泄露机密。所幸他被拯救了,而那之后,他也继续着波兰地下组织的工作。

扬后来接受了把消息带出国界的任务,而就在任务的前夜,他收到请求,华沙犹太人组织希望他带一些消息到伦敦。在和两个犹太领袖的会面中,扬发现对方的两人天差地别:其中一个是犹太政治社团的领导,他相信在未来波兰将成为独立的民主国家,犹太人则会作为其中一支不受人偏见的少数民族而存在,另一个则是犹太复国主义者,他相信终有一天这些流民会回到巴勒斯坦建立起属于自己的国度。但在当时的情况下看,这两个政治派别差异极大的人看起来并没什么不同,都是铤而走险、孤注一掷的神情。他们希望扬能把他们的诉求告知世界。他们想让盟国政府采取措施终止纳粹对犹太人的屠杀,这消息与其说是请求,倒不如说是逼迫:

Ⅰ. 把阻止犹太人大屠杀写入盟国的军事策略之中并加以正式宣布。

Ⅱ. 公开所有已知的犹太人聚居区和集中营地点、与大屠杀有牵连的德国官员姓名、已证实的死亡事例、相关统计数据,还有屠杀所采用手段,比如瓦斯房,等等。

Ⅲ．呼吁德国民众对自己的政府施压以停止大屠杀。

Ⅳ．如果种族清洗继续而德国民众也没有要求政府终止此事，那么他们会被视为对大屠杀负有集体罪责。

Ⅴ．在其他大屠杀阻止策略亦失效后，盟军就会对德国实施两项报复性行为：轰炸指定的德国文化象征标志物，以及，对盟军逮捕的那些知悉希特勒的罪行却依然对其效忠的德国人进行处决。

扬对他们说："这样的要求违背了国际法。我了解英国人，他们不会接受的。做出这种要求只会带来反效果，这毫无意义。"

复国主义领袖回复道："就这么说。不管这到底能不能生效，我们就要死在这里了。"

扬最终答应了他们的请求，但是为了增加其发言的可信性，他两度进入了华沙犹太人聚居区。这里曾是 40 万犹太人的家园，现在却已经快成了荒城。自 1942 年 7 月 23 日始，在过去的七周之内，已经有 30 万人被送往了位于特雷布林卡的集中营。扬看到聚居区里污秽遍地，疫病散布，一片绝望。他回忆了当时的情景："那里根本就不是我所知的世界。毫无人性。街道满了，满了。他们全在街上过活……叫卖……彼此祈求。哭泣和饥饿。"

他还去了位于贝乌热茨附近的死亡集中营。伪装成乌克兰籍看守的扬在毫无心理准备的情况下目击到了恐怖的一幕,然后他不得不逃走,否则反胃呕吐会把他假看守的身份戳穿。

此后他便为执行外交任务而穿行于欧陆。他自然是在为他的祖国服务,为流亡政府传递各种情报,目的是战后建立起独立的波兰,但最终这任务也演变成为正在死去的犹太人呐喊。

成功逃离德占区抵达西方后,扬传递了波兰方面的消息。在伦敦他面见了犹太和盟国领导人,其中包括英国外相安东尼·艾登。接下来的行程里,他则跨越大西洋和美国领导人见了面。为了与总统富兰克林·德拉诺·罗斯福进行细致的交流,扬先和波兰驻美大使以及三个美国犹太事务官员进行了会面,他们是:本杰明·科亨,罗斯福的顾问;奥斯卡·考克斯,总统副律师;还有最重要的,菲利克斯·弗兰克福特,美国最高法院的法官,在罗斯福新政中他也是一名功臣。在扬位于波兰使馆的住所中,四人进行了深入的讨论。会谈结束后有两人离去时表示深受震撼,而弗兰克福特法官则依然逗留。

这个法官说:"像你我这样的人说话都是开门见山的,所以我必须表示,我无法相信你说的。"

波兰大使切哈努夫斯基几乎是怒吼而出:"菲利克斯,

你不是认真的吧？你怎么敢当着他的面说他是个骗子？整个波兰政府都站在他背后。你知道他是谁。"

　　"大使先生，我并不是说他骗人。我是说我无法相信他说的内容。这是有区别的。"

　　我们怎么看待弗兰克福特对这条关于波兰的消息的不信任？齐伯尼·布热津斯基，吉米·卡特[①]的国家安全顾问，在扬·科尔斯基拜访其父（时任波兰驻加拿大外交官）时只有十二岁大。他是这么回忆的：

> 　　那时候我还是个小孩，家都还在加拿大，一天晚饭的时候我听到了扬·科尔斯基在对我父母说起发生在波兰的犹太种族灭绝事件。我记得他们都吓了一跳，因为如果扬说的的确属实，那么这事比历史上任何我们已知的屠杀都要更加凶残。换句话说，我们不相信他，是因为完全无法理解当时世界上正在发生的事情。

　　布热津斯基把这件事和他生命中发生的另外一件事做了个对比。在成为国家安全顾问时，有人做了关于核战末日的简介。他回忆说那时候他就像听到扬·科尔斯基的言谈时类似，无法理解到底对方在说什么。初次有这感觉的

---

① 　詹姆斯·厄尔·卡特，美国第三十九任总统——译者注。

时候他还是孩子,后来那次时他则已是举足轻重的大人物,但是两回的感觉异常相似。

扬最终见到了美国总统富兰克林·德拉诺·罗斯福。但罗斯福对战后的波兰独立计划表现得毫无兴趣,他甚至也不大在意犹太人的死活。这两者和对抗希特勒的全球战争比起来无足轻重。扬离开白宫后就明白了他的急切呼吁必然会石沉大海、不了了之了。

在美国的抛头露面让扬再不能回到欧洲,于是他开始利用这段时光写书和演讲。他的回忆录《在一个隐秘的国度中》,被美国月读书友会相中并且热卖。他本人也登上了纽约《时代周刊》、《美国信使》、《时尚芭莎》等报纸杂志。从罗德岛到佛罗里达,他做了许多次面对两百人以上的公开演讲。"每次演讲的主题都是犹太惨剧。"扬说道,"而每一次的演说也都会登上地方报刊……上天让我在战争期间不断地去说,去写——我感觉这样可以挽救那些犹太人。但最终还是什么也没能帮上。"他继续说道:

> 而且,直到战争结束,各国政府、领袖、学者、作家都还不清楚到底在犹太人身上发生了一些什么。他们都被吓坏了。有整整六百万平民被秘密地杀害。
>
> 从那时起,我就成了个犹太人。就像我妻子的家庭成员一样……所有惨遭杀戮的犹太人都成

了我的亲人。

但我是个犹太天主教徒，信仰着上帝基督。尽管不是原教旨主义者，但我的信仰还是告诉我，这就是第二桩原罪，即人性本身：人类的作为或者不作为，故作不知还有冷漠无情、伪善以及为自私自利找借口都是它的表现形式。

人类会背负着这罪孽直到终点。

我也承担着而且愿意承担这分罪业。

还有份特殊的关系把我和扬·科尔斯基联系在一起。当他经过了多年的沉寂在华盛顿的犹太教堂里终于重新开始讲述过往历史的时候，我就在场。三年后，还是在华盛顿，刚建立的美国大屠杀纪念协会召开了关于大屠杀拯救者的国际会议。彼时扬在美国国会议事厅里陈述他的所见，场上鸦雀无声。大多数人并不了解扬在战争期间的工作，但是他的证言震惊了满堂的听众。通过他讲述的内容，我们都被带回到了那段历史之中。

在为美国大屠杀纪念协会工作同时，我也在乔治敦大学任教了十五年。每一年在讲到大屠杀的时候，都会让学生们看看《浩劫》里面扬的证言。当然，这些学生总是难免会和扬在校园里碰上，有次一个学生甚至冲扬说："你还活着！我在电影里见过你，还以为你已经去世了呢！"

第二天扬把这事告诉了我。"贝伦鲍姆教授，"他带着浓重的波兰腔说道，"告诉你的学生，扬·科尔斯基还活的好好的呢，想要我死还得再等上很长一阵子。"然后我们一起笑了出来。

那次吉斯凯·诺瓦科斯基，我，还有扬·科尔斯基三人一道去参加两个已故波兰犹太人的授勋典礼。作为向米歇尔·克莱普菲兹①的致敬，我们把他的勇者十字章也加入到了博物馆的陈列中，那是波兰政府所颁发的最高军事奖章。克莱普菲兹是阵亡的犹太人聚居区起义军中唯一一个获得此殊荣的。另一个获得授勋的人是什穆埃尔·泽格波姆，国家议会中的犹太公会代表。他自杀时留下的遗书让我们肃然起敬。当时华沙起义刚刚失败，他从扬·科尔斯基那里得知了波兰犹太民族的命运——泽格波姆的家人也在其中——也获悉了根本无人出手相助的事实。遗书中，他这么写道：

> 我以死抗争这个冷漠无情的世界，这个人们可以眼睁睁地看着犹太民族被屠杀，却无动于衷的世界。希望我的死能够唤醒部分人，虽然犹太人已经遭受了灭顶之灾，但总有一些还没被送上屠场的人在等着他们去拯救。

----

① 米歇尔·克莱普菲兹（Micha Klepfisz，1913—1943），波兰化工工程师，犹太公会成员，于华沙起义牺牲——译者注。

　　泽格波姆的死和之前告诉他的消息有关，扬对此总是有股负罪感。而在读了 E. 托马斯·伍德的《单枪匹马的大屠杀阻止者》后，他更加内疚了，因为书中记录了一些把他从纳粹手上拯救出来的人在其后被捕和处决的消息。

　　无辜者心怀歉疚，刽子手却义正词严，多荒唐的景象。

　　克劳德·朗兹曼的《浩劫》让扬出了名。这个法国著名存在主义大师用他自己的方法让扬又一次回到了已逝的岁月之中——那正是他本人一直压抑在心灵深处的。影片没有特别强调扬与美国总统罗斯福的会面，或者和英国外相安东尼·艾登的交流，而是把重点放在了犹太人聚居区，还有犹太人正不可避免地走向的毁灭。影像中扬忍受着痛苦，极其艰难地吐出破碎的只言片语，甚至因为恐惧而逃走。但朗兹曼耐心地坚持着，所以扬终于还是回到了镜头前。

　　我和扬·科尔斯基当然是铁哥们的关系——不过还有人比我更熟悉他，那就是我们共同的朋友吉斯凯·诺瓦科斯基。他们都是波兰籍美国人，能用母语交流，彼此之间甚至不用说话就能了解对方的想法。

　　吉斯凯跟我说起过他和扬一起的时候发生的一些事。有一次扬去吉斯凯家中吃晚饭，当天他被诊断出了一些疾病。但那天吉斯凯一点也没看出朋友有什么异样，后来才知道对扬而言，与其痛苦地挣扎着活下去，倒不如死了比较轻松。所以他干脆拒绝了治疗,那些病症直到他死都没有被解决。扬对尘世满腔愤慨,只有从上帝那里才能获得宁静,他甚至想早一步也赶到他妻子那里去——扬的妻子几年前就去世了。

还有一事就是扬的死。让人感到欣慰的是,他不是孤零零地死去的,朋友们都在这里;还有一个波兰大使馆成员,来自自由、独立、民主的波兰,那是扬年轻时的梦想,他终于活着看到了这天。

我很赞同扬对自己的称呼:犹太天主教徒。尽管这个称谓理论上不能成立,但扬就是这么个人,抵抗体制,反对族群划分。扬死的时候,波兰的犹太组织赠予了一颗代表犹太人的六芒星,这个徽章被放置进了他的棺材中。知道自己能得到这样的荣誉,扬应该会很高兴,犹太人把他归为了自己的荣誉成员——而扬也的确是他们之中的一员。

葬礼结束后,我背诵了《珈底什》,那是犹太教徒为死者祈祷时唱的赞美诗,里面没有提到一个死字,而全是颂扬和礼敬上帝的词句,这正是扬·科尔斯基终其一生始终在做的。

《信使》向我们展示了扬·科尔斯基生命的另一面——正如他所执行的紧急任务——这让我们倍感宽慰。一个情操高尚的人,即使已经逝去,依然值得尊敬。

图书在版编目（CIP）数据

信使 / （法）埃内尔著；虞北冥译. —杭州：浙
江大学出版社，2014.4
ISBN 978-7-308-12444-7

Ⅰ.①信… Ⅱ.①埃…②虞… Ⅲ.①传记文学－法
国－现代 Ⅳ.①I565.55

中国版本图书馆 CIP 数据核字（2013）第 258708 号

地图绘制师 Isabelle Brianchon
@Éditions GALLIMARD, Paris，2011
图字：11－2013－175 号

信　使

雅尼克·埃内尔　著　虞北冥　译

责任编辑	谢　焕
封面设计	汤晶晶
出版发行	浙江大学出版社
	（杭州市天目山路 148 号　邮政编码 310007）
	（网址：http://www.zjupress.com）
排　　版	浙江时代出版服务有限公司
印　　刷	杭州杭新印务有限公司
开　　本	889mm×1194mm　1/32
印　　张	5.875
字　　数	106 千
版 印 次	2014 年 4 月第 1 版　2014 年 4 月第 1 次印刷
书　　号	ISBN 978-7-308-12444-7
定　　价	25.00 元